DREAMBOOKS ★

DREAMBOOKS

무적군주 로이스

오렌 판타지 장편소설

ORIGINAL FANTASY STORY & ADVENTURE

★
dream
books
드림북스

무적군주 로이스 1

초판 1쇄 인쇄 2018년 3월 21일
초판 1쇄 발행 2018년 4월 2일

지은이 오렌
발행인 오영배
기획 박성인
책임편집 이예찬
디자인 권지연
일러스트 문필재
제작 조하늬

펴낸곳 (주)삼양출판사 · 드림북스
주소 서울시 강북구 도봉로 173
대표 전화 02-980-2112 **팩스** 02-983-0660
편집부 전화 02-980-2116 **팩스** 02-983-8201
블로그 blog.naver.com/dreambookss
출판등록 1999년 3월 11일 제9-00046호.

ⓒ 오렌, 2018

ISBN 979-11-283-9391-4 (04810) / 979-11-283-9390-7 (세트)

드림북스는 (주)삼양출판사의 판타지 · 무협 문학 브랜드입니다.

무적군주 로이스

1

오렌 판타지 장편소설

ORIGINAL FANTASY STORY & ADVENTURE

dream books
드림북스

Contents

Prologue 1

　어느 날 고립되어 존재하던 세계들이 연결되어 전혀 새로운 세계로 뒤바뀌었다. 원래와 다르게 변한 그 이상한 세상을 에후드 아마나라고 부른다.

　'무적군주 로이스'는 에후드 아마나 세계의 한 이야기이다.

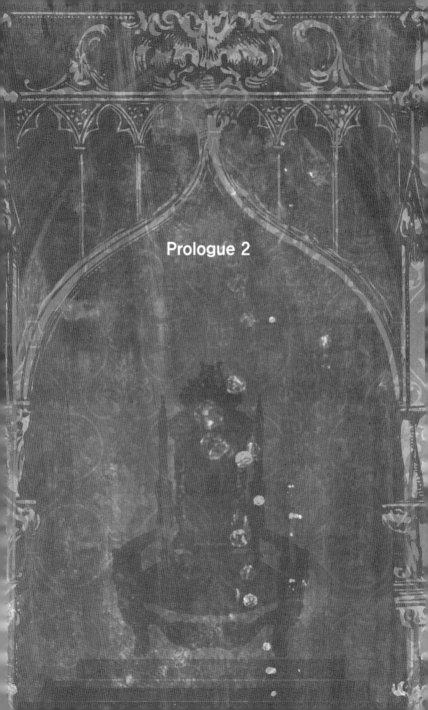

Prologue 2

용자는 하나의 세계를 지키지만, 미스토스 군주는 그 어디에도 얽매이지 않고 수많은 세계를 지킨다.

'무적군주 로이스'는 한 소년이 절대 무적의 미스토스 군주로 성장하는 이야기이다.

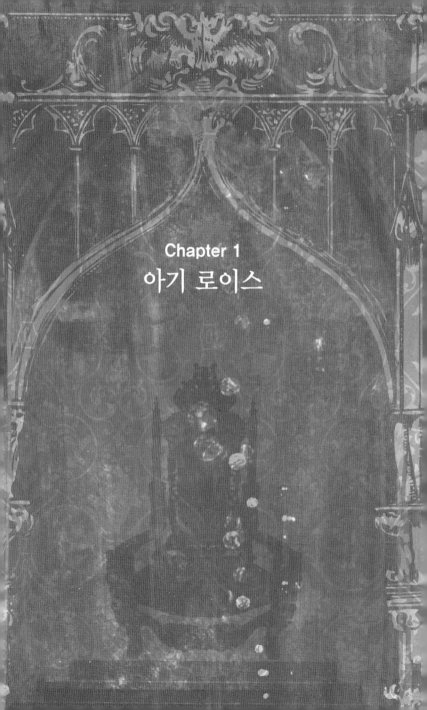

Chapter 1
아기 로이스

　용자(勇者)는 사악한 마왕의 세력과 맞설 수 있는 초월적인 능력을 지닌 존재다.

　아드리아 대륙이라는 하나의 세계를 수호하고 있는 용자 카디나스도 바로 그런 존재였다.

　그는 아드리아 대륙의 최강자이지만, 대륙에서 누가 왕이나 황제가 되든, 혹은 왕국들 간 전쟁이 벌어지든, 그런 것들에는 관여하지 않았다.

　그 이유는 단순히 관심이 없어서가 아니라 대륙을 노리는 마왕과 싸워야 하기 때문이다.

　차원을 넘어 들이닥치는 사악한 마왕들과 피 터지게 싸

우는 것에 신경을 쓰는 것도 벅차기에, 대륙 내에서 벌어지는 사소한 일들에 관심을 둘 여력이 없는 것이다.

정말이다.

그것만 해도 정말 힘들다.

아드리아 대륙의 인간들은 카디나스가 이렇게 힘들게 마왕들과 싸우고 있다는 사실은 모르고 있을 것이다. 물론 그들에게는 모르는 게 약이겠지만.

문제는 용자의 능력이 부족해 마왕에게 패배할 경우, 그 용자가 수호하는 세계에는 무서운 재앙이 벌어진다는 사실이다.

불행하게도 지금이 바로 그런 경우였다.

"크흐흐하하하하핫! 이 애송이 용자 카디나스 놈아! 너 따위 녀석이 나 하이무카루스를 막을 수 있을 것 같으냐?"

"으으윽! 제길!"

전신이 피투성이 상태인 한 청년.

그가 바로 아드리아 대륙을 암중에서 수호해 온 용자 카디나스였다.

그리고 그의 가슴에 피처럼 붉은 검을 꽂아 넣은 시커먼 형체의 악마!

염소 머리에 사람의 몸체를 가진 거대 괴수!

한눈에 봐도 마왕스럽게 생긴 그자는 역시나 마왕이었다.

마왕 하이무카루스!

정말로 불행하게도 카디나스는 하이무카루스에게 패배하고 말았다. 하이무카루스의 권속 마족들에 의해 용자의 성은 폐허로 변했고 그의 용맹한 부하들도 모두 한 줌 연기로 사라졌다.

'미스토스가 모두 바닥났다. 이제 끝인가.'

미스토스는 용자를 지켜 주는 신비한 힘.

미스토스가 충분히 있으면 부서진 용자의 성(城)도, 연기로 변해 흩어진 부하들도 모두 되살릴 수 있다.

그러나 그 힘이 모두 바닥난 이상 희망은 없었다.

비로소 카디나스는 자신의 최후가 임했음을 알고 탄식했다.

'미스토스 군주 레카온! 그는 어찌 오지 않는 것인가?'

카디나스는 마왕 하이무카루스와의 전쟁에서 밀리는 순간 마지막 미스토스를 모두 쏟아부어 그에게 도움을 요청했던 것이다.

그러나 레카온은 카디나스가 죽음에 임박한 지금까지도 오지 않았다.

그때 하이무카루스가 키득거리며 말했다.

"어리석은 놈! 레카온을 기다리느냐? 그는 오지 못한다. 대마왕 불칸 님이 그를 공격하고 있기 때문이지. 이미 그놈은 죽었을 것이다."

"그, 그럴 리가!"

카디나스는 비틀거렸다. 정말로 믿고 싶지 않은 말이었지만, 아직까지 레카온이 오지 않는 것을 보면 저 말은 사실일 가능성이 높았다.

그가 마지막 희망이었는데. 이럴 수가!

"쿠카카카카! 이제 그만 가랏! 아드리아 대륙은 내가 접수하겠다."

하이무카루스의 검이 다시 붉은빛을 번쩍였다.

"으으윽! 원통하구나."

카디나스의 몸은 토막 나 연기로 변해 흩어졌다. 하이무카루스가 크게 웃었다.

"용자 카디나스는 죽었다. 이제 아드리아 대륙을 접수해라. 인간들을 노예로 만들고 저항하는 녀석들은 모조리 죽여라. 쿠하하하!"

"키키킥! 알겠습니다."

"이히히히히! 명을 받듭니다."

하이무카루스의 권속 마족들은 아드리아 대륙을 마구 유린하기 시작했다. 난데없는 마족과 마물들의 공격으로 도처에 시체가 넘쳐 났고 대륙은 지옥으로 변하고 말았다.

그러던 어느 순간.

상공에서 커다란 탄식이 울렸으니.

"이런! 내가 너무 늦은 건가."

피투성이 상태로 나타난 사내. 금세라도 쓰러질 듯 위태해 보였지만 그의 두 눈에서는 가공하기 이를 데 없는 기운이 이글거렸다.

그를 발견한 하이무카루스는 움찔 놀랐다. 지금쯤 대마왕 불칸에게 죽었어야 할 미스토스 군주 레카온이 나타날 줄은 몰랐던 것이다.

"아니! 네놈이 어떻게?"

"마왕 하이무카루스! 네가 잘도 용자 카디나스를 죽였구나. 용서하지 않겠다."

"으으! 불칸 님은 어떻게 되었느냐?"

"내가 이곳에 온 것을 보면 모르느냐? 대마왕 불칸을 비롯해 상위 마왕들은 내 손에 다 죽었지. 이제 네놈만 죽으면 된다."

레카온의 두 눈이 다시 이글거렸다. 하이무카루스는 인상을 구겼다. 미스토스 군주인 레카온은 그로서는 상대하기 힘든 강적.

"으으! 정말 치가 떨리는 놈이로군! 하지만 그렇게 엉망인 꼴로 나를 이길 수 있을 것 같으냐?"

"닥치고 덤벼라."

레카온이 백색의 검을 휘두르며 날아왔다. 하이무카루스
또한 붉은빛의 마검을 휘두르며 맞섰다.

번쩍! 쿠콰콰쾅!

쿠르르르! 쿠콰콰쾅!

천지가 개벽하는 듯한 굉음과 함께 일순 처절한 비명이
울려 퍼졌다.

"크아아아악! 부, 분하다, 제길⋯⋯."

레카온의 검에 의해 반 토막이 난 하이무카루스. 그의 몸
은 이내 연기로 변해 흩어져 버렸다.

아울러 하이무카루스의 권속 마족들도 이내 연기가 되어
사라졌다.

레카온은 폐허로 변한 아드리아 대륙을 보며 씁쓸한 표
정을 지었다.

'대마왕을 비롯한 최상위 마왕들과 싸우느라 미스토스
의 힘을 한계 이상 소모했다. 수호자도 소멸된 지금 나의
생명력을 복구할 방법이 없구나.'

그는 이미 최후의 생존에 필요한 미스토스까지 소모해
버린 터였다. 잠시 후면 그의 몸 역시 이 무한한 세계의 연
기로 변해 흩어져 버릴 것이다.

'큰일이로군. 이대로 내가 죽는 건 어쩔 수 없지만 장차 대마왕 불칸이 부활하면 누가 그를 막아 낼 것인가…….'

불칸은 정말 강했다.

레카온 역시 그 자신의 힘만으로는 불칸을 상대할 수 없었다. 어쩔 수 없이 소멸될 것을 각오하고 생명력의 근원인 수호자의 미스토스까지 총동원했다.

결과는 양패구상!

하지만 그럼에도 레카온은 대마왕 불칸을 완전히 소멸시키지 못했다. 상위 마왕들이 죽음까지 불사하며 불칸의 소멸을 막았기 때문이다.

그로 인해 불칸은 부활을 위한 마지막 생명력을 보전해 도주하고 말았다.

'그놈이 부활하면 세상은 완전한 암흑으로 변하고 말 것이다.'

레카온은 자신의 죽음보다 그것이 더욱 걱정되었다.

"레카온 님…… 드디어 오셨군요."

그때 푸른 갑주를 입고 있는 여성이 그의 앞에 나타났다.

"그대는 시엔?"

시엔은 용자 카디나스의 기사였다. 그녀 역시 피투성이 상태로 금세라도 쓰러질 듯했는데 품에는 한 아기가 안겨 있었다.

아기의 두 눈에서 반짝이는 광채가 범상치 않았다.

그 아기를 본 레카온의 눈에 반색이 어렸다.

"그 아기는?"

"로이스 님이에요. 용자 카디나스 님의 아들이죠."

"용자의 아들이라고?"

그러자 시엔은 슬픔이 가득한 표정으로 고개를 흔들었다.

"대륙은 폐허가 되었고 저 또한 잠시 후면 소멸되고 말텐데…… 이분의 운명은 어찌 될까요."

그런데 그때 돌연 레카온의 표정에 격동이 일었다. 그가 가진 물건 중 하나가 아기를 향해 강한 반응을 했기 때문이다.

"이럴 수가! 수호자의 씨앗이 스스로 주인을 선택하다니!"

그러던 그는 하늘을 보며 크게 웃었다.

"크하하하하! 그렇군. 미스토스 군주로서의 나의 삶이 끝나는 시점에 이 아기가 내 앞에 나타난 것은 절대 우연이라 할 수 없겠지. 이로써 나는 편히 눈을 감을 수 있게 되었구나."

"그게 무슨 뜻이죠, 레카온 님?"

"이 아기는 용자의 아들이지만 장차 용자가 아닌 미스토스의 군주로서 살게 될 것이다."

레카온은 그 말과 함께 자신의 목에 걸린 목걸이를 풀어 아기 로이스의 목에 걸어 주었다. 동시에 작은 씨앗 하나를 시엔에게 건넸다.

"받아라, 시엔."

"이것은 설마?"

"미스토스의 대지에서 수만 년에 하나 생성된다는 수호자의 씨앗이다. 이곳에 오기 전 우연히 이것을 얻었는데, 이 아기를 위한 안배였던 것이 분명해."

"그럴 수가……."

"다만 이 씨앗의 힘은 아직 완전하지 않다. 앞으로 최소 십오 년 정도가 지나야 비로소 수호자의 능력을 얻게 된다."

"십오 년……."

"그렇다. 그때까지 그대는 로이스를 지켜야 한다."

"하지만 저의 생명력이 얼마 남지 않아 이분을 지킬 수가 없습니다."

시엔이 창백한 표정으로 비틀거리자 레카온이 탄식했다.

"다른 방법은 없다. 그대가 힘들다면 무슨 수를 써서라도 앞으로 십오 년 동안 로이스를 지켜 줄 존재를 찾아야 한다."

그 말에 시엔이 이를 악물고는 비장한 표정을 지었다.

"어떻게든 찾아보겠어요. 그런데 이곳은 언제 다시 마왕들이 몰려올지 모르는 터라……."

"샤론 대륙으로 가라. 내가 이제 마지막 힘을 짜내 샤론 대륙으로 가는 차원의 문을 열어 주겠다."

"샤론 대륙? 그곳은 어디죠?"

레카온의 두 눈이 신비롭게 반짝였다.

"그곳은 미스토스의 기운이 매우 왕성한 무한의 세계 중 한 곳이다. 이 신비한 수호자의 씨앗이 로이스를 샤론 대륙으로 인도하라고 내게 알려 주는구나."

"씨앗이 알려 주다니 놀랍군요."

"그대의 임무가 막중하다, 시엔. 명심하라! 십오 년 후 샤론 대륙! 오직 그곳에서만 로이스에게 미스토스 군주가 될 수 있는 길이 열릴 것이다."

"명심하겠어요, 레카온 님."

그러자 레카온의 손에서 환한 광채가 일어났다.

화아아악!

시엔은 순식간에 광채에 휩싸여 어디론가 사라졌다. 그녀에게 안겨 있는 아기 로이스와 함께 공간 이동을 한 것이다.

스스스.

곧바로 레카온의 몸이 먼지처럼 부서지기 시작했다. 그의 죽음이 시작되었다. 잠시 후면 완전히 소멸되고 말 것이다.

그러나 그는 오히려 통쾌한 듯 환한 표정을 지었다. 그는 비록 죽지만 희망이 있기 때문이었다.

"나에게도 반응하지 않았던 특별한 수호자의 씨앗이 선택한 아이라! 그렇다면 군주의 목걸이가 가진 진정한 능력이 그 아이에게는 모두 개방될지도 모르겠군."

군주의 목걸이가 가진 진정한 능력! 레카온은 그 능력의 일부만 활용하고도 최강의 미스토스 군주가 되었다.

만약 그 능력을 모두 개방할 수 있다면?

"후후후, 그 아이는 나와는 비할 수 없이 강력한 힘을 얻을 터, 나는 비록 패배했지만 그 아이는 절대 패배하지 않을 것이다. 대마왕 불칸을 물리칠 수 있는 무적의 군주가 될 것이다. 크하하하하……"

어느새 레카온의 몸은 완전히 흩어져 보이지 않았다. 그럼에도 웃음소리는 한동안 남아 사방을 뒤흔들었다.

＊　　＊　　＊

쏴아아아—

비가 내리는 숲 속. 돌연 환한 광채와 함께 한 여인이 모습을 드러냈다. 그녀의 품에는 아기가 안겨 있었다.

"여, 여기는?"

여인은 금세라도 쓰러질 듯 비틀거렸다. 창백한 안색의 그녀는 다름 아닌 시엔. 그녀의 품에 안긴 아기는 로이스였다.

"이곳은 어디일까? 레카온 님이 말씀하신 샤론 대륙일까?"

이곳은 미스토스 군주 레카온이 펼쳐준 차원의 문을 따라 이동해 온 장소. 막연히 샤론 대륙으로 추정하고 있을 뿐 그녀는 이곳의 위치를 알지 못했다.

"일단 비를 피해야겠어."

시엔은 로이스의 몸이 비에 젖지 않도록 실드 마법을 펼치고는 빗길을 걸었다. 그러나 몇 걸음 걷기도 전에 그녀는 걸음을 멈춰야 했다.

"쿠우우워어어어!"

소의 머리에 인간의 몸체를 한 거대한 몬스터 미노타우루스였다. 그녀의 몸이 정상이었다면 전혀 두려워할 필요가 없지만, 지금은 제대로 서 있기도 힘든 상태.

"저, 저리 가지 못해!"

시엔은 힘겹게 검을 빼 들고 미노타우루스를 노려봤다.

그러자 미노타우루스가 키득거리며 다가와 손을 휘둘렀다.

쒸익—!

거대한 바위도 부술 듯 우악스럽게 날아오는 손.

순간 시엔은 마지막 힘을 짜내 검을 휘둘렀다. 그녀의 검
에서 빛이 뿜어졌다.

스걱!

날아오던 미노타우루스의 오른손이 그대로 잘려 나갔다.

"꾸어어어억!"

이에 격분한 미노타우루스가 왼손을 휘둘러 시엔의 몸을
후려쳤다.

퍼억!

시엔은 실드 마법으로 몸을 보호한 상태였지만 미노타우
루스의 괴력을 견뎌 내기란 쉽지 않았다. 어쩔 수 없이 그
녀는 아기 로이스에게 충격이 가지 않도록 몸을 돌려 등으
로 미노타우루스의 공격을 받았다.

"아악!"

시엔의 몸이 맥없이 날아가 허물어졌다. 다행히 로이스
는 무사했지만 그녀의 몸은 만신창이로 변해 금세라도 숨
이 끊어질 지경.

"아아, 로이스 님……."

그녀는 안타까운 심정으로 한쪽에 떨어진 아기 로이스를

바라봤다. 로이스 또한 위기를 느꼈는지 큰소리로 울기 시작했다.

"으앙!"

그러자 미노타우루스는 입맛을 다시며 로이스를 향해 다가왔다. 그러고는 더 이상 볼 것도 없다는 듯 로이스를 성큼 집어 입 쪽으로 가져갔다.

"아, 안 돼!"

시엔은 정신이 아득해져 왔다.

이대로라면 끝장이었다.

정녕 로이스는 미노타우루스의 먹잇감이 되어 사라질 운명인 것인가?

그런데 바로 그때였다.

입을 최대한 크게 벌린 채 막 로이스를 집어넣으려던 미노타우루스의 움직임이 그대로 멈췄다. 마치 동상이라도 된 듯 그 자리에서 굳어 버렸다.

"쿠, 쿠워?"

거대한 괴수 미노타우루스가 무엇을 보았는지 떨고 있었다.

푸른 눈썹에 붉은 홍채를 가진 아름다운 여인.

그녀의 몸에서 피어나는 미증유의 기세.

한눈에 봐도 평범한 존재가 아니었다.

'아, 저 여인은 설마?'

시엔은 흐려져 가는 의식 속에서도 그 여인의 정체를 얼핏 짐작했다.

그녀가 아주 특별한 존재라는 사실을. 그리고 그녀라면 로이스를 충분히 지켜 줄 능력이 있다는 사실도.

'아, 정말 다행이야. 로이스 님은 살 수 있어.'

그녀는 마지막 힘을 쥐어짜 외쳤다.

"그분의 이름은 로이스…… 용자 카디나스 님의 아들이에요. 십오 년 후 샤론 대륙…… 반드시 이 씨앗을 샤론 대륙에……."

시엔의 말은 더 이상 이어지지 못했다. 그대로 숨이 멎은 것이다.

그 모습을 푸른 눈썹의 여인은 차갑게 내려다봤다.

"흥! 대체 언제 봤다고 내게 부탁을 하는 거지?"

그녀는 코웃음을 치고는 시엔의 손에 쥐어진 씨앗을 빼앗아 들었다. 그 씨앗을 바라보는 그녀의 눈에서 붉은 광채가 일었다.

"이쪽에서 특별한 기운이 느껴져 설마 했는데 이건 미스토스의 기운이 응축된 씨앗이 분명해."

여인의 표정에 격동이 피어났다.

그녀의 이름은 루비아나.

천 년 이상의 수명을 지닌 꽃의 요정이 바로 그녀였다. 하지만 이미 천 년의 시간을 넘긴 상태라 죽을 날이 머지않았는데.

"호호호! 이 씨앗이 있으면 나는 다시 생명력을 회복할 수 있다."

천 년 아니, 어쩌면 그 이상의 시간을 다시 살 수도 있으리라. 또한 평생 원수였던 사피아스를 이길 힘도 가지게 될 것이다.

"으아앙!"

그런데 그때 다시 아기 울음소리가 울렸다.

여전히 미노타우루스의 손에 잡혀 있는 아기 로이스였다.

힐끗.

순간 루비아나의 시선이 씨앗이 아닌 아기 로이스 쪽으로 고정되었다.

'흥! 저 인간 아기 따위는……'

그녀는 애초부터 씨앗 외에는 관심이 없었다. 따라서 저 인간 아기가 미노타우루스에게 잡아먹히든 말든 상관하지 않을 것이다.

그러나 이상하게도 계속 시선이 갔다.

아니 시선뿐 아니라 그녀의 마음이 세차게 울리고 있었다.

쿵!

심지어 심장까지도 세차게 뛰었다.

'설마?'

루비아나는 잠시 어처구니없다는 듯 실소를 흘렸다.

꽃의 요정의 장구한 수명 동안 단 한 번 느낀다는 모성애.

우습게도 지금 이 순간 바로 그 모성애를 느낀 것이다.

사악.

그야말로 눈 깜짝할 순간이었다. 어느새 미노타우루스의 손에 있던 로이스는 루비아나의 품에 안겨 있었다.

퍼억—

"꾸어어억!"

동시에 그녀가 어떻게 했는지 미노타우루스의 몸체가 고깃덩이처럼 변해 바닥으로 널브러져 버렸다.

"감히 내 아들을 해치려 한 죄다."

루비아나는 미노타우루스의 사체를 싸늘히 내려다본 후 이내 로이스를 부드럽게 껴안았다.

"호호! 이름이 로이스라고 했지? 너는 이제부터 나의 아들이야."

곧바로 루비아나는 로이스를 안고 사라졌다.

그 후로 십수 년의 세월이 흘렀다.

Chapter 2
꽃이 키운 소년

　그녀의 이름은 루비아나.

　예쁜 여자의 모습을 하고 있지만 사람이 아닌 꽃이다. 정확히 말하면 꽃의 요정이다. 소년 로이스는 그녀를 엄마라고 부른다.

　"로이스, 이제 네 나이도 십오 세가 되었으니 엄마가 아닌 어머니라 부르렴."

　짙푸른 눈썹 아래 루비 같이 붉은 눈이 로이스를 따뜻하게 쳐다봤다. 반짝이는 눈동자에는 무언가의 기대감이 어려 있었다.

　그러나 이럴 때 로이스는 절대 어머니, 라고 불러서는 안 된다는 것을 잘 알았다.

"하하하, 엄마라고 부르는 게 난 더 좋아요."

"그래? 그렇다면 네 맘대로 하려무나."

루비아나는 엄마라고 부르는 로이스가 귀여워 견딜 수 없다는 듯 활짝 웃음을 지었다. 그러고는 하얀 액체가 가득 들어 있는 유리병을 로이스에게 건넸다.

"많이 배고프지? 내가 준비해 놨단다. 어서 먹으렴."

로이스는 유리병을 받아 들고 하얀 액체를 벌컥벌컥 들이마셨다.

액체는 다름 아닌 루비아나의 젖.

이른바 꽃의 유액(乳液)이다.

로이스는 지금까지 하루도 거르지 않고 이 유액을 마셨다.

'이걸 대체 언제까지 마셔야 하나.'

열다섯 살이지만 이미 청년의 장성한 체격을 지닌 로이스에게 어린아이나 마시는 유액이 입에 맞을 리 없었다. 하지만 섣불리 싫은 기색을 했다간 풀이 잔뜩 죽은 루비아나의 모습을 보아야 했다.

그나마 지금은 유리병에 마시니 다행이었다. 불과 몇 년 전까지는 루비아나의 가슴에 직접 입을 대고 유액을 마셨으니까. 그때까지 아기 취급을 당하다 비로소 어린아이 정도로 격상된 것이다.

"다 마셨어요."

한 방울도 남김없이 깨끗하게 비운 후 유리병을 돌려주자 루비아나는 흐뭇한 미소를 지었다.

"요즘 너를 괴롭히는 녀석은 없니, 로이스?"

"그거야 당연히 없죠."

"정말이니?"

로이스는 힐끔 루비아나의 눈치를 살폈다. 루비아나의 안색을 보니 뭔가 실망한 기색이 역력했다.

'아차!'

로이스를 괴롭히는 몬스터를 혼내 주는 것이야말로 루비아나의 가장 큰 낙이었다. 그런 그녀를 실망시키면 무척 피곤한 일이 벌어진다. 로이스는 재빨리 고개를 흔들었다.

"아 그리고 보니 북쪽 동굴에 있는 오크 대장 녀석이 저를 무척 괴롭히긴 해요."

"흐음! 그렇지?"

루비아나는 역시 그럴 줄 알았다는 듯 눈썹을 한데 모았다.

"걱정 말거라. 이제 더 이상 너를 괴롭히지 못하도록 그 녀석을 없애 버리마."

"잠깐! 주…… 죽이진 마세요! 그냥 혼만 내 주셔도 충분해요."

"아니야. 지난번에 분명히 경고를 했는데 또 너를 괴롭히다니 더 이상은 참을 수 없구나."

"그래도 죽이는 건 너무 불쌍하잖아요."

"네가 그리 부탁을 하니 고려는 해 보겠다만."

"살려 줄 거라 믿어요, 엄마!"

로이스가 엄마라는 말과 함께 짐짓 눈을 크게 뜨며 귀여움을 떨자 루비아나는 만면에 미소를 지었다.

"호호호! 그래 로이스. 네 뜻대로 하마."

그 말과 함께 붉은빛의 돌풍이 일어났고 루비아나의 모습이 사라졌다. 아이처럼 둥그렇게 치켜떴던 로이스의 두 눈이 가늘게 변했다.

'라개드 녀석 또 봉변을 당하겠군.'

북쪽 동굴에 살고 있는 오크의 이름은 라개드.

덩치가 물경 3로빗(3미터)에 달하는 자이언트 오크로 근처에 살고 있는 오백여 오크들의 우두머리였다.

미안하지만 어쩔 수 없는 일.

로이스를 괴롭히는 몬스터를 혼내 준다는 것!

다시 말하지만 그것이 마화 루비아나의 유일한 낙이요 아들 로이스에 대한 애정 표현 방식이다.

이런 식으로 대상을 정해 주지 않는다면 그녀는 체란산

의 몬스터란 몬스터는 그 씨를 말려 버릴지도 모른다.

그런 마화(魔花) 루비아나의 가혹한 구타에 살아남을 맷집 좋은 몬스터는 라개드밖에 없었다.

'체란산의 평화를 위해서야. 너의 숭고한 희생을 기억하마, 라개드.'

잠시 가책이 일었지만 로이스는 그럴듯한 명분으로 그것을 합리화했다.

'그나저나 엄마가 요즘은 힘이 없어 보이네.'

루비아나는 아닌 척하지만 예전에 비해 초췌해진 모습이었다. 어디 아픈 것은 아닌지 걱정이 되었다.

'그럴 리가 없어.'

로이스는 고개를 저었다. 체란산 인근 모든 몬스터들에게 마화, 이른바 악마의 꽃이라 불리는 루비아나가 아플 리가 없다. 로이스의 동정을 사기 위해 짐짓 아픈 척하고 있는 게 틀림없었다.

"그건 그렇고……."

로이스는 돌연 입맛을 다시며 숲 속으로 달려갔다. 으슥한 계곡이 있는 곳으로 접어들자 오크 두 마리가 모닥불 앞에 웅크리고 앉아 있는 게 보였다.

지글지글.

모닥불 위에는 껍질이 벗겨진 자그마한 멧돼지 한 마리

가 길쭉한 창에 통째로 꿰어 있었다. 오크들은 로이스가 나타나자 움찔하더니 벌떡 일어섰다.

"아드랄 써으기으랄(다 익었습니다)!"

로이스는 멧돼지 다리 한쪽을 쭉 찢은 후 살코기를 입에 넣었다. 쫄깃한 고기의 달콤한 육즙이 입 안 가득 들어찼다.

오물오물.

제대로 익은 듯했다. 로이스는 오크들을 향해 슬쩍 고개를 끄덕였다.

"좋아. 수고했어."

"헤헤! 에그씽사므랄(맛있게 드십시오, 로이스 님)."

오크들은 슬금슬금 눈치를 보더니 바닥에 따로 분리해 놓은 멧돼지 내장과 머리 등을 챙겨 어디론가 사라졌다.

"쩝쩝! 이렇게 맛있는 걸 엄마는 왜 맛없다고 하는지 모르겠단 말이야."

훤칠한 키에 깡마른 체구인 로이스는 최근 들어 식욕이 더욱 왕성해졌다. 불과 이 년 전만 해도 루비아나의 유액만 먹으며 버텨 왔지만 한 번 고기 맛을 본 이후에는 매일 고기를 먹지 않으면 안 되었다.

'유액은 물이라고. 사람이 물만 먹고 살 순 없잖아.'

물론 루비아나의 유액은 로이스에게 충분한 영양뿐 아니

라 신비한 능력도 얻게 해 주었다.

특별히 말을 배우지 않아도 몬스터들과 의사소통이 가능했고 다섯 살이 지날 무렵부터는 뭔가 알 수 없는 힘이 몸에 쌓이고 있는 것을 느꼈다.

꽃의 유액(乳液).

사실 로이스는 모르고 있지만 꽃의 요정이 주는 유액은 세상에 존재하는 그 어떤 영약도 비할 수 없는 신비한 효능을 가지고 있었다.

그러한 영약을 매일 얻어 마신 로이스의 몸에는 마나보다 훨씬 안정적이며 그 어떤 형태로든 변형이 가능한 근원적 기운인 미흐가 쌓여 갔다.

그리고 열 살이 넘어서자 자연스레 미흐의 힘을 발출할 수 있게 되었다.

주먹을 내뻗을 때마다 미흐의 기운이 응축된 붉은 오러가 형성되었고 몸은 환골탈태를 수차례나 거치며 전사로서는 가장 이상적인 골격으로 변형되었다.

따라서 엄마 루비아나의 우려와는 달리 사실 체란산에서 로이스를 괴롭힐 수 있는 몬스터는 존재하지 않았다.

무시무시한 체란산의 맹수들과 몬스터들을 가볍게 때려눕히고 이 년 전 열세 살이 되는 해에는 체란산의 지배자라 불리는 오크 대장 라개드마저도 굴복시켰던 것이다.

오크 대장 라개드는 오러가 맺힌 주먹에 가격당하고도 버텨 내는 불가사의한 맷집과 괴력을 지니고 있었지만 가공할 미흐의 힘을 보유한 로이스의 상대가 될 수는 없었다.

따라서 아까 루비아나가 했던 걱정은 진정으로 쓸데없는 것이었다. 오히려 오크 대장 라개드가 맞으면 맞았지, 로이스가 맞을 리 있겠는가?

사실 로이스는 라개드와 친구처럼 지내고 있는 편이었다.

'라개드 녀석 나를 무척 원망하고 있겠지? 가서 위로를 해 줘야겠어.'

지금쯤이면 구타가 끝났을 것이니 가 봐도 될 듯했다. 실컷 먹었지만 고기는 아직 많이 남아 있었다. 로이스는 넝쿨로 그것을 묶은 다음 북쪽 동굴로 향했다.

"라개드!"

동굴 앞에 도착해 외치자 안에서 곰같이 커다란 오크가 불쑥 나오더니 금세라도 때려죽일 듯 사나운 눈초리로 로이스를 노려봤다.

"라비쓰랄(오크의 욕 중 하나)!"

"하하! 미안해, 라개드. 많이 아프냐?"

"크악! 닥쳐라! 오늘 너 죽고 나 죽자, 이 미친놈아!"

얼마나 맞았는지 퉁퉁 부은 양 볼과 터진 입술에는 피멍이 시커멓게 번져 있었다. 그렇지 않아도 흉측한 오크의 얼굴이 더욱 끔찍하게 보였다.

그러나 로이스가 잘 익은 고깃덩이를 내보이는 순간 라개드의 시선은 그것에 고정되었다. 로이스는 씩 웃으며 고깃덩이를 집어던졌다.

"그래서 이 고기를 가져왔어. 화 풀어라"

덥석!

라개드는 바람처럼 달려와 고깃덩이를 쥐어 잡았다. 그러다 힐끗 로이스를 노려봤다.

"그냥 날로 가져오지 뭐 하러 구웠냐?"

여전히 퉁명스러운 음성이었지만 처음에 비해서는 한결 누그러져 있었다. 로이스는 차마 먹고 남은 걸 가져왔다는 말을 할 수는 없어 적당히 얼버무렸다.

"뭐 그냥 별미라 생각하면 되잖아."

"크흐, 별미라! 좋아. 어쨌건 잘 먹으마."

오크들은 익힌 고기보다 피비린내가 물씬 풍기는 날고기를 훨씬 좋아한다.

그러나 다행히 라개드는 익힌 고기라 해도 마다하지 않았다. 이미 왜 익힌 고기를 가져왔는지는 관심 밖인 듯했다.

으적! 으적! 쩝쩝!

라개드는 볼이 미어터져라 고기를 씹어 대더니 순식간에 모두 먹어치우고는 아쉬운 표정을 지었다.

"좀 더 없냐?"

"없어."

"제길! 입맛만 버렸군."

라개드는 투덜대며 동굴 안으로 들어갔다. 로이스는 뒤따르며 물었다.

"지난번에 내가 부탁한 건 어떻게 됐어?"

"아, 그거? 저기서 찾아봐."

라개드가 가리킨 곳에는 각종 무기들이 잔뜩 쌓여 있었다. 게다가 종이책도 몇 권 보였다.

'저건 책이잖아?'

로이스의 눈이 반짝였다.

로이스가 처음 책을 접한 것은 이 년 전 라개드와 친해진 후 이곳 동굴에서였다.

특히 악취가 진동하는 뒷간 입구에는 반쯤 뜯겨 나간 책을 비롯해 그와 비슷한 종이책들이 수백 권이나 쌓여 있었다.

물론 그것들의 용도는 라개드가 용변 후 뒤처리를 하기 위한 것이었지만.

"이게 뭐냐? 라개드."

"그건 인간들이 보는 책이라는 거다."

"책?"

"글자라는 걸 알아야 읽을 수 있는 거다."

"글자는 또 뭐야?"

"크윽! 그 이상은 나도 모르니 필요하면 너 다 가
져라."

계속되는 질문에 라개드는 머리를 쥐어뜯으며 괴로워했
다. 할 수 없이 로이스는 책 몇 권을 들고 루비아나에게 갔
다.

"글자 따위는 몰라도 괜찮단다, 로이스."

"그래도 알고 싶어요, 엄마."

그녀는 그다지 내키지 않은 표정이었지만 로이스가 졸라
대자 책에 써진 라키아 대륙의 글자를 가르쳐 주었다.

또한 쉽게 이해할 수 있는 소설책들을 몇 권 골라 줬고
로이스는 그중 '용자전설' 이라는 책을 무척 재밌게 읽었
다.

용자전설은 네롱이라는 작가가 쓴 소설책으로 무한의 세계의 용자와 기사들이 펼치는 모험담이었다.

로이스는 틈만 나면 그것을 읽어 달달 외울 정도였다. 비록 허구인 소설일 뿐이지만 로이스는 용자에 대한 꿈을 무럭무럭 키웠다.

또한 그 뒤로 소설책을 무척 좋아하게 되었다.

그래서 이번에 라개드가 새로 가져온 책들을 보자 가슴이 뛰지 않을 수 없었다.

'혹시 용자에 대한 이야기책일지도 몰라.'

그러나 책 제목을 살펴본 로이스는 금세 실망하고 말았다.

'화염 마법의 증폭과 응용?'

로이스는 미간을 찌푸리며 책장을 넘겼다. 제목부터 뭔소리인지 이해가 되지 않을뿐더러 그 안의 내용은 더더욱 알 수 없었다.

다른 책들을 뒤적였지만 '기초 화염 마법의 정석', '화염 구체의 이해' 등 괴상한 말만 잔뜩 써져 있었다.

"쳇! 쓸데없는 것들만 가져왔네."

화가 난 로이스는 책들을 내팽개쳤다. 라개드가 키득대더니 그것들을 주워 들었다.

"그럼 이건 뒷간에나 가져다 놔야지."

"마음대로 해."

책에서 관심이 사라진 로이스는 옆의 무기들을 쳐다봤다. 녹슨 검과 도끼들이 대부분이었는데 그중 유독 눈길을 끄는 무기가 하나 있었다.

기다란 창! 끝에 초승달 모양의 도끼가 결합되어 있어 제법 유용해 보였다.

그것은 미늘창 즉, 할버드라는 무기로 로이스는 처음 보는 것이었다. 그러나 몇 번을 휘둘러 본 후 금방 흥미를 잃었다.

"별로 재미없군."

다시 무기를 뒤적거리다 보니 제법 묵직한 무게가 느껴지는 검을 하나 발견했다.

"이건 괜찮은데?"

양손 대검이었다.

"자! 막아 봐, 라개드!"

로이스는 둥그런 철 방패 하나를 라개드에게 던져 주고는 곧바로 검을 휘둘렀다.

"뭐…… 뭐냐?"

커다란 검이 날아오자 라개드는 급히 방패를 들어 막았다.

까앙!

검이 방패에 적중되는 순간 라개드의 전신이 진동하듯 떨렸다.

쾅! 콰쾅! 콰콰쾅!

라개드가 무사히 버텨 내자 로이스는 신이 나 더욱 힘차게 검을 휘둘렀다. 그 순간 양손 대검의 긴 검신이 붉은 오러로 휩싸였다.

"이얏!"

쫘앙!

그동안 주먹을 통해 오러를 방출한 적은 많았지만 무기에 오러가 형성된 적은 처음이었다. 결국 검신이 오러의 기운을 감당하지 못하고 부러지고 말았다.

까깡!

그 충격에 방패를 들어 막고 있던 라개드가 버티지 못하고 나가떨어졌다.

"크어억!"

바닥에 널브러진 철 방패는 너덜너덜 걸레가 되어 있었다. 로이스는 동강 난 검을 내던졌다.

"쳇! 이것도 재미없네."

"크억! 나도 재미없어. 이 미친놈아!"

광분한 라개드가 훌쩍 뛰어와 두 팔을 휘둘렀다. 마치 그것을 예상했다는 듯 로이스는 허리를 숙여 피했다. 동시에 오른쪽 주먹이 반사적으로 날아가 라개드의 복부를 후려쳤다.

퍼억!

"꾸억!"

배를 부여잡고 고꾸라지는 라개드. 로이스는 무심한 눈빛으로 파란 하늘을 올려다봤다.

'이곳은 너무 답답해.'

체란산은 넓지만 로이스에게는 좁게만 느껴졌다.

'더 넓은 세상으로 나가고 싶어.'

*   *   *

시간은 다시 흘렀다.

사계절이 한 번 지나고, 다시 여름이 찾아왔을 때도 로이스의 일상은 변함이 없었다.

여전히 루비아나의 유액을 매일 마시고, 그녀 몰래 오크들이 잡아 온 멧돼지 고기를 먹고, 오크 대장 라개드와 체란산을 누볐다.

그러나 그런 단조로운 일상이 끝나는 날이 다가왔으니.

"로이스, 내 아들……."

로이스는 파리한 기색의 루비아나를 보고 깜짝 놀랐다.

숲의 어떤 풀보다 푸르던 눈썹이 가을의 낙엽처럼 바래 있었고 장미꽃보다 더욱 붉게 빛나던 눈동자는 붉은 기운이 사라져 흐릿한 잿빛만 남아 있었다.

항상 생긋생긋 웃으며 꽃의 유액을 내주었는데. 맷집 좋은 라개드를 실컷 두들겨 팰 만큼 힘이 넘쳤었는데.

"어, 엄마!"

로이스는 엄마 루비아나의 생명이 꺼져 가고 있음을 직감했다.

언젠가부터 루비아나의 건강은 눈에 띄게 안 좋아졌다. 그래서 이런 날이 올지 모른다는 생각은 했지만, 막상 그 상황이 닥치자 견디기 힘들었다.

"엄마! 죽으면 안 돼요. 흐윽!"

"아가야, 울지 말거라."

로이스의 눈에 눈물이 그렁그렁 맺히자 루비아나는 손을 들어 눈물을 닦아 주었다. 바싹 말라 앙상해진 두 팔이 덜덜 떨렸다.

"저 아가 아니에요. 이제 열여섯 살 어른이라고요."

"그래, 다 컸구나. 내 아들……."

그러나 로이스를 향한 루비아나의 눈빛은 영락없이 어린 아이를 쳐다보듯 해맑기만 했다. 그 눈을 보자 로이스는 더욱 눈물이 났다.

'아냐. 엄마가 죽을 리 없어.'

로이스의 몸이 떨렸다.

"이제 괜…… 찮아질 거예요. 얼른 쉬어요, 엄마."

그러나 루비아나의 상태는 더욱 나빠졌다. 그녀는 간신히 일어나 앉더니 꽃잎 모양의 작은 두루주머니를 로이스에게 건네주었다.

"내가 죽거든 넌 북쪽에 있는 샤론 대륙으로 가거라. 이 안에 하얀 씨앗이 들어 있으니 강가 볕이 잘 드는 곳에 심도록 해. 반드시 샤론 대륙에 심어야 한단다."

로이스는 고개를 흔들었다.

"엄만 죽지 않아요. 난 떠나지 않고 엄마랑 있을게요."

"오오! 나도 네 마음을 알고 있단다, 로이스."

루비아나는 아들이 그런 말을 할 줄 알았다는 듯 환하게 웃었다. 하지만 곧 이제 다시는 그런 아들을 볼 수 없다는 것을 상기하고는 슬픈 표정을 지었다.

"그리고 이전에 내가 한 말을 기억하고 있겠지?"

"나중에 힘이 세지면 엄마의 원수 사피아스를 꼭 혼내주라 하셨잖아요. 반드시 그 녀석을 혼내 줄 테니 염려 마세요."

"그…… 그래, 잘 알고 있구나."

로이스가 정확히 기억하고 있는 것을 확인한 루비아나의 안색에 희미한 미소가 스쳤다. 그녀는 가쁜 숨을 몰아쉬며 가까스로 말했다.

　"이제 마지막으로 내게 엄마라고 해 보겠느냐, 로이스?"

　"엄마!"

　로이스가 반사적으로 외친 '엄마'라는 음성을 들으며 루비아나는 눈을 감았다.

　마지막으로 지금껏 말하지 않은 한 가지 사실을 말하고 싶었지만 하체부터 시작된 죽음의 기운이 위로 차올라 혀까지 굳게 만들었다.

　'미안하구나, 로이스. 결국은 말을 하지 못하고 말았구나.'

　죽음을 앞둔 루비아나의 머릿속에 과거의 일들이 주마등처럼 스쳐 지나갔다. 그중에는 로이스와 관련된 중요한 사건도 하나 있었다.

　'그래. 십오륙 년 전이었지.'

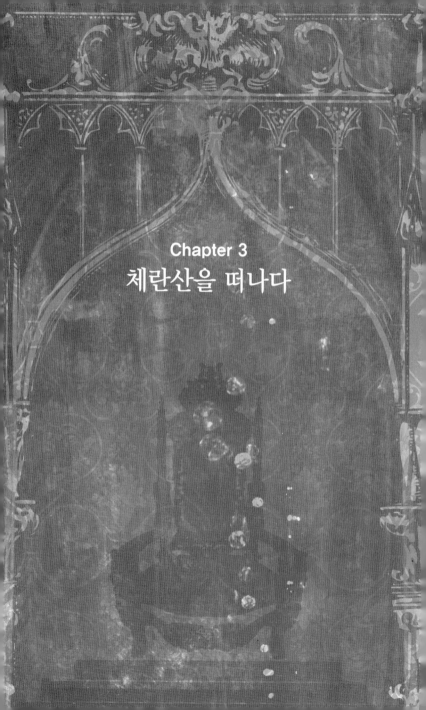

Chapter 3
체란산을 떠나다

지금으로부터 십오륙년 전.

무더기 비를 뚫고 이곳 숲에 나타난 피투성이 여인.

당시 루비아나는 숙적 사피아스와의 싸움에 패배해 이 숲에 숨어 있었다.

그러다 우연히 강력한 생명의 기운을 느끼고 어딘가로 향했는데, 바로 그 여인을 보게 된 것이다.

그 생명의 기운이 일어나는 것은 다름 아닌 씨앗.

그 씨앗을 섭취하면 루비아나는 다시 천 년 이상의 수명을 가질 수 있었다.

그런데 여인의 품에 안긴 아기를 보자 생각이 달라지고

말았다. 그 씨앗이 아기의 운명과 관련된 것임을 깨달은 루비아나는 자신의 생명 연장을 포기했다.

그 후로 루비아나는 아기를 정성스레 키우기 시작했다. 그녀의 아기에 대한 애착은 상상을 초월했다.

꽃의 요정으로서 평생 한 번만 느낀다는 모성애!

그것이 아기를 본 순간 시작되었으니까.

그녀 스스로 수명이 얼마 남지 않은 것을 알았기에 아이에 대한 집착은 더욱 절실했다.

그래서 천 년이 넘게 쌓아 온 미흐의 맑은 기운만을 정화해 만들어 낸 유액도 아낌없이 주었다.

"엄마!"

로이스의 외침이 아련히 들려오다 사라졌다. 그 사이 죽음의 기운이 귀까지 잠식했다. 마지막으로 한 번 더 보고 싶었지만 로이스의 모습은 흑막에 가려져 보이지 않았다.

'역시 말 안 하길 잘했어. 로이스, 내 아들!'

끝까지 로이스가 그녀의 아들로 남길 바라는 마음. 루비아나는 그 생각을 끝으로 숨을 거뒀다.

*   *   *

루비아나가 흙으로 돌아간 지 사흘.

로이스는 망연자실 넋을 놓고 앉아 있었다. 아직도 그녀의 죽음이 믿기지 않았다.

그냥 항상 옆에 있을 줄 알았다. 그런데 이렇게 죽다니! 다시는 볼 수 없다니! 죽음이란 것이 원래 이런 건가?

아니다. 어쩌면 그녀가 다시 나타나 화사하게 웃음을 지을지도 모른다.

제발 그랬으면 하는 바람!

그것이 절대 이루어질 수 없는 것임을 알고 있었지만 로이스는 고집스레 그 자리에 앉아 있었다.

그리고 며칠이 지나고서야 비로소 루비아나가 다시는 올 수 없는 길을 갔음을 깨달았다. 사실은 이미 알고 있었지만 받아들이지 않았던 것이다.

'이제는 나 혼자야.'

로이스는 비로소 고독감과 두려움에 몸을 떨었다. 그동안 그토록 갑갑하게 생각했던 보호의 테두리가 얼마나 소중한 것이었는지 그녀가 사라지고 나서야 깨달을 수 있었다.

이제부터는 병들고 아파도 혼자 견뎌 내야 한다.

매일 지겹도록 받아먹은 꽃의 유액도 없다.

허기가 지면 사냥을 해야 하고 몬스터에게 괴롭힘을 당해도 스스로 해결해야 한다.

물론 혼자 사는 것은 어렵지 않았다. 이 방대한 체란산의 그 어떤 몬스터도 로이스를 두렵게 할 수 없으니까.

배고프면 산짐승을 사냥하면 되고 눈에 거슬리는 녀석들이 있으면 늘씬 두들겨 패면 된다.

그러나 혼자라는 고독감이 로이스를 두렵게 했다.

결국 열흘째 되던 날 로이스는 멀리 여행을 떠날 결심을 했다. 엄마가 사라진 숲에 홀로 있다가는 미쳐 버릴 수도 있으니.

'나중에 다시 찾아올게요. 그때가 언제일지는 모르겠지만.'

숲을 떠나기 전 로이스는 루비아나가 말한 바위 아래서 작은 상자를 발견했다. 상자 안에는 목걸이가 하나가 있었는데 붉은 장미 문양이 새겨진 하얀 펜던트가 유난히 눈길을 끌었다.

'……!'

로이스는 단번에 그것이 어떤 물건인지 알았다.

루비아나가 끝내 숨기고 말하지 않았지만 로이스는 이미 자신이 꽃의 요정인 루비아나와 다르다는 것을 알고 있었던 것이다.

'아마 나의 친부모와 관련된 물건이겠지.'

루비아나가 끝까지 말하지 않으려 했던 한 가지 사실.

그녀가 친엄마가 아님을 로이스는 이미 오래전부터 짐작하고 있었다. 꽃의 요정이 인간 아이를 낳을 수 없는 것은 당연했기에.

그렇다 해도 상관없었다. 로이스에게 있어 엄마는 오직 루비아나 하나뿐. 이제 와서 목걸이와 관련된 인연을 찾고 싶은 마음은 조금도 없었다.

'그냥 버릴까?'

필요 없는 물건을 가지고 있기도 뭐했지만 그렇다고 선뜻 버릴 수도 없는 일. 이 또한 루비아나가 전해 준 물건인 것이다. 잠시 고민 끝에 목에 걸었다.

'싫증나면 버려야지.'

그런데 그때였다.

로이스가 목걸이를 건 순간 그것이 환하게 반짝이기 시작했으니.

화아아악—!

그와 함께 눈앞 허공에 나타난 투명한 글자들.

[군주의 목걸이가 당신의 상태를 표시합니다.]

이름 [로이스]

능력 [미흐 마스터] [통언 마스터]

[당신의 신체 능력은 한계에 이르러 더 이상 강해질 수 없습니다.]

[한계를 깨뜨리고 미스토스 군주로서의 진정한 운명을 개척하고 싶다면 샤론 대륙으로 가 미스토스의 계약을 수행하세요.]

'이게 뭐지?'

처음 보는 문자들이었는데, 신기하게도 로이스는 그것을 읽을 수 있었다.

그러나 그 뜻은 잘 이해되지 않았다.

'한계를 깨뜨리고 미스토스 군주로서의 진정한 운명을 개척해? 미스토스의 계약을 하라고? 이게 다 무슨 소리야?'

그 사이 글자들은 사라졌다. 동시에 로이스의 목에서 반짝이던 붉은 장미 문양의 목걸이 역시 투명하게 변했다.

물론 목걸이는 목에 걸린 그대로다. 감촉도 느낄 수 있었다. 그러나 두 눈으로는 보이지 않았다.

"쳇! 이상한 목걸이네."

로이스는 고개를 갸웃하며 투덜거렸다.

"어쨌든 잘됐어. 이러면 나 외에는 아무도 이 목걸이가 내게 있는지 모를 테니까."

그러면 이 목걸이를 굳이 버릴 필요는 없을 것이다.

그나저나 미스토스의 계약은 대체 뭘까?

로이스로서는 도무지 알 수 없는 말이었다.

＊　　　＊　　　＊

"숲을 떠나 어디로 갈 생각이냐, 로이스?"

"일단 샤론 대륙으로 가야지."

샤론 대륙은 체란산이 위치한 라키아 대륙 북부에 있는
미지의 땅.

물론 로이스가 그곳에 가려는 이유는 목걸이에 나타난
글자들 때문만은 아니다.

그보다는 반드시 샤론 대륙에 가서 씨앗을 심으라고 했
던 엄마 루비아나의 유언 때문이었다.

그래도 기왕 샤론 대륙으로 간 김에 미스토스의 계약이
뭔지 알아보고 싶은 마음은 있었다.

그런 로이스를 향해 라개드가 인상을 살짝 찌푸렸다.

"그런데 너 설마 그 꼴로 가려는 거냐?"

"이게 뭐 어때서."

"그리고 인간들 앞에 나가면 구경거리나 되기 딱이다."

나뭇잎 몇 장으로 하체만 간신히 가리고 있는 로이스였다. 라개드가 고개를 절레절레 흔들더니 동굴 안을 뒤적여 가죽옷 한 벌을 찾아냈다. 오래전 여행객을 해치우고 빼앗은 것이었다.

"이거라도 입는 게 어떠냐? 인간들을 만나게 되면 너 같은 벌거숭이는 그냥 잡혀갈 수도 있다."

"오크 주제에 별걸 다 아네."

지금껏 옷을 입어 본 적이 없는 로이스에게 가죽 옷은 불편했다. 그러나 왠지 라개드의 말이 그럴 듯했기에 대충 걸쳐 입었다. 라개드가 다시 기다란 미늘창 할버드를 건넸다.

"무기도 필요할 테니 이것도 가져가라."

"무기 따윈 필요 없어."

기다란 창을 등에 메고 가는 건 귀찮기 짝이 없는 일. 그러나 그것을 가지고 있으면 쓸데없는 싸움을 피할 수 있다는 말에 로이스는 할버드를 받아 들었다.

"흐흐, 그럼 잘 가라."

왠지 여행을 떠나는 로이스보다 라개드가 훨씬 들떠 보였다. 아까부터 터져 나오는 웃음을 애써 참는 기색이 역력했다. 결국 로이스가 인상을 구겼다.

"내가 떠나는 게 그렇게 좋단 말이지?"

"그, 그럴 리가 있겠나?"

라개드는 시치미를 떼고 있었지만 로이스는 그의 속셈을 짐작했다.

'하긴 내가 가면 이 녀석이 체란산의 지배자가 될 거야.'

귀찮다고 사양해도 애써 선물을 내주는 의도는 뻔하다. 라개드는 로이스가 인간들과 어울리지 못하고 다시 숲으로 돌아올까 봐 두려워하고 있는 것이다.

"확 그냥 남는 수가 있어."

"헉! 진짜냐?"

로이스가 엄포를 놓자 라개드는 움찔했다. 그러다 짐짓 슬퍼하는 눈빛으로 로이스를 쳐다봤다.

"잘 가라, 인마. 보고 싶을 거다."

"좋아. 진작 그런 표정을 지을 것이지. 그럼 난 간다."

로이스는 그제야 흡족해하는 미소를 흘리며 돌아섰다.

그리고 한참을 걸었을까?

멀리서 라개드가 크게 외치는 소리가 들렸다.

"인간들을 조심해라, 로이스!"

로이스가 돌아보자 라개드가 손을 흔들었다. 그런데 잘못 본 것일까. 라개드의 얼굴엔 서운함이 가득 차 있었다. 진짜로 친구와 헤어지는 것이 섭섭하다는 듯.

'설마 저 녀석 진짜 슬퍼하고 있는 건 아니겠지?'

계속 보면 왠지 눈물이 날 것 같았다. 로이스는 고개를 앞으로 돌려 정면을 바라보고 뛰어갔다.

바람처럼 수풀을 헤치고 달려가는 로이스의 귀에 라개드가 뭐라 외치는 소리가 계속 들렸지만 돌아보지 않았다.

＊　　　＊　　　＊

한나절쯤 지나자 날이 어둑해졌다. 정신없이 뛰다 보니 산을 몇 개나 넘었는지 기억도 안 났다.

'여기가 어디지?'

그동안은 이토록 멀리 나와 본 적이 없었다. 막연히 북쪽으로 뛰었지만 갈수록 첩첩산중. 잠시 앉아 쉬자 슬슬 배도 고파 왔다. 그리고 보니 종일 아무것도 먹지 않았다.

'뭔가를 먹어야겠군.'

루비아나가 죽은 이후 식욕을 잃었던지라 로이스는 계속 간단한 나무 열매 등으로만 허기를 채워 왔다. 그런데 오늘은 모처럼 고기가 먹고 싶었다.

어차피 챙겨 온 식량도 없는 터. 시큼한 나무 열매를 찾기보다 산짐승을 사냥해 구워 먹기로 했다. 앞으로 먼 여행을 떠나려면 든든히 먹어 둘 필요가 있었다.

먼저 로이스는 근처에서 가장 높은 나무 위로 올라갔다. 30로빗(30미터) 높이는 됨직한 커다란 나무였지만 훌쩍훌쩍 서너 번을 도약해 가볍게 끝자락 가지에 올라섰다.

휘청거리는 나뭇가지를 한 손으로 움켜잡고 사방을 훑어보자 멀찍이 커다란 바위 밑에 웅크린 멧돼지 한 마리가 보였다.

파앙!

그 순간 로이스의 몸이 시위를 벗어난 화살처럼 아래로 쏘아졌다.

착!

사뿐히 바닥으로 착지한 로이스는 자세를 낮추고 달렸다.

스스스슥!

수풀을 헤치고 빠르게 다가오는 뭔가의 기척을 감지한 멧돼지가 힐끗 고개를 돌렸다. 그러나 그곳에는 아무것도 없었다.

'……?'

뭔가 이상함을 느낀 멧돼지는 고개를 갸웃거렸다. 그러다 바위 위에서 밑을 내려다보고 있는 로이스와 눈이 마주쳤다.

"꾸이이!"

깜짝 놀라 급히 몸을 돌려 달아나려 했지만 그때는 이미 로이스가 훌쩍 뛰어내려 앞을 가로막은 후였다.

"꿰엑!"

주먹이 머리를 후려갈긴 순간 멧돼지는 뻣뻣이 굳어졌다.

로이스는 멧돼지를 벌렁 뒤집었다. 보기보다 꽤 살집이 많았다.

'너무 큰 놈을 잡았구나.'

로이스의 식성이 좋긴 하지만 큼직한 돼지 한 마리를 모두 먹는 것은 불가능했다. 그냥 먹을 만큼 먹고 남겨 두면 나머지는 인근의 몬스터들이 알아서 처리를 해 줄 것이다.

'우선은 모닥불을 지펴야겠지.'

오크들에게 요리를 시키던 때는 아무것도 안 했었지만 이제는 직접 하지 않으면 안 되었다. 주변에서 적당히 땔감이 될 만한 나무토막들을 집어 들었다. 그때 뭔가가 빠르게 다가왔다.

취아아악!

머리에 두 개의 뿔이 달린 거대한 뱀. 시커먼 몸체에 회색의 비늘이 빽빽이 박힌 뱀이 기다란 동체를 흔들며 다가와 멧돼지를 향해 입을 쩌억 벌렸다.

"멈추지 못 해!"

로이스는 즉시 들고 있던 땔감들을 집어던졌다. 그러자 뱀이 시뻘건 눈을 번뜩이며 로이스를 노려봤다.

시싯!

진녹색의 기다란 혀가 시커먼 입 사이로 날름거렸다. 뱀이 곧장 입을 쩍 벌리고 달려들었다.

촤아아악!

뾰족이 휘어진 송곳니와 함께 쇄도하는 뱀의 입! 그것은 로이스를 통째로 집어삼킬 만큼 거대했다.

터업!

뱀이 긴 송곳니를 힘차게 내리꽂았지만 로이스는 이미 훌쩍 뛰어 물러나 있었다. 그로 인해 긴 송곳니는 애꿎은 뱀의 아래턱을 뚫고 삐져나왔다.

"끼악!"

뱀은 턱이 뚫린 고통에 몸부림치다 다시 입을 크게 벌리고 로이스를 노려봤다.

화악!

그 순간 로이스의 눈에서 시퍼런 빛이 번뜩였다. 푸른색의 안광. 그것은 마치 캄캄한 밤에 번개가 내리치듯 섬뜩했다.

움찔!

기세등등했던 뱀의 붉은 두 눈에 파문이 일었다. 뭔가 못볼 것이라도 본 듯 소스라치게 놀라더니 스르르 뒤로 물러났다.

똬리를 틀고 힐끔 눈치를 보는 뱀의 눈에는 먹이에 대한 탐욕과 더불어 죽음에 대한 공포가 은은히 어려 있었다.

강자존의 밀림 지대에서 최상위에 위치한 궁극의 포식자를 만난 것과 흡사한 공포!

부, 부르르르.

간혹 괴력의 오우거나 미노타우루스도 식사거리로 해치우곤 했던 숲의 포식자 매브리스가 떨고 있었다.

싯! 시잇!

이길 수 없는 상대. 그러나 이대로 물러나기에는 뭔가 자존심이 상했다. 결국 매브리스는 바닥에 널브러진 멧돼지의 사체를 덥석 물고 달아났다.

쉬쉬쉬쉭—

나무를 빙글 타오르더니 빽빽한 나무들이 우거진 속으로 쏜살같이 내달렸다. 거대한 동체가 마치 물뱀이 헤엄치듯 유유히 숲 속을 가로질렀다.

파앗! 타다다다!

그 뒤를 로이스가 바람처럼 뒤따랐다. 그 속도는 결코 매브리스에 뒤지지 않았다. 오히려 조금씩 매브리스와 가까워지고 있었다.

"뱀, 넌 최악의 선택을 했어."

로이스의 입가에 조소가 어렸다. 처음엔 그저 적당히 겁을 줘 쫓아 버리려 했다.

적의를 가지고 덤벼드는 몬스터는 절대 살려 두지 않지만 허기진 배를 채우는 게 우선이었기에 이례적으로 관용을 베풀려 했다.

그런데 감히 먹을 것을 훔쳐 가다니!

체란산의 오크들이 이 상황을 봤다면 매브리스에게 애도를 표했을 것이다. 로이스의 두 눈이 분노로 이글거렸다.

"절대 용서 못 해. 너 이제 죽었어!"

한편으로 잘 걸렸다 싶은 생각도 들었다.

루비아나의 죽음!

그리고 정든 친구와의 이별!

그렇지 않아도 가슴속에 응어리진 뭔가를 털어 버리고 싶은 참이 아니었던가.

시잇!

거리가 조금씩 좁혀지자 매브리스는 초조했다.

설마 이토록 빨리 쫓아올 줄이야.

뒤늦게 후회했지만 그렇다고 먹이를 포기할 수는 없었다. 결국 매브리스는 최후의 결전을 준비했다.

절벽에 위치한 시커먼 동굴.

그곳이 숲의 포식자 매브리스의 집이었다.

깎아지른 듯한 절벽의 중앙에 위치해 있어 적이 아무리

강해도 좁은 동굴에서 방어를 하면 한 번 해볼 만했다.

그러나 매브리스의 바람은 이루어지지 않았다. 그가 막 절벽 근처에 도달해 몸을 퉁기려는 순간,

퍼억—!

로이스가 휘두른 주먹이 매브리스의 복부를 강타했다. 그저 기다란 동체의 한 곳에 맞았을 뿐인데 몸체 전부가 번개라도 맞은 듯 세찬 진동이 일었다.

"끼, 끼아악!"

매브리스는 비명을 지르며 입에 물고 있던 멧돼지를 내뱉었다. 정신이 아득해졌지만 기를 쓰고 동굴을 향해 몸을 움직였다.

복부에 받은 충격으로 몸체를 퉁길 힘을 잃은 상태. 절벽을 타고 힘겹게 오르는 매브리스의 머리를 향해 로이스가 휘두른 할버드가 작렬했다.

와직!

할버드에 달린 초승달 모양의 도끼가 매브리스의 머리를 정확히 반쪽으로 쪼개 버렸다. 매브리스는 비명도 지르지 못하고 즉사했다.

바로 그 순간 로이스의 시야에 이상한 글자들이 들어왔다.

[당신은 더 이상 강해질 수 없습니다.]

[한계를 깨고 싶으면 샤론 대륙에서 미스토스의
계약을 맺으세요.]

"뭐야 또?"

로이스는 고개를 갸웃했다. 지난번 목걸이를 목에 걸었
을 때 이후로 또다시 나타난 글자들.

더 이상 강해질 수 없으니 한계를 깨고 싶으면 미스토스
의 계약을 하라는 얘기였다.

대체 왜 더 강해질 수 없는 것인지 이해가 되지 않았지
만, 어쨌든 샤론 대륙으로 가고 있으니 조만간 이러한 의문
은 해결될 것이다.

쿠웅!

한편 거대한 뱀 매브리스의 몸체가 바닥에 떨어지자 지
진이라도 난 듯 숲이 울렸다.

"꾹꾸우……!"

"끄…… 끄아!"

멀리서 숨죽인 채 지켜보고 있던 숲의 많은 몬스터들이
몸을 떨었다. 그동안 포식자로 군림하던 매브리스가 사라
진 것에 대한 안도감보다 새로운 포식자에 대한 공포가 급
격히 밀려온 듯했다.

그러나 그들의 우려와는 달리 로이스는 이곳 숲에 남아 매브리스를 대신해 포식자가 되고 싶은 생각은 당연히 없었다.

이 숲은 한동안 평화롭겠지만 얼마 지나지 않아 새로운 포식자가 나타나 매브리스의 자리를 대신할 것이다. 방대한 체란산의 도처에 매브리스 정도의 몬스터는 셀 수 없이 많았다.

'라개드 녀석, 자리를 잘 지킬 수 있을지 모르겠군.'

잠시 후 로이스는 불에 잘 구워진 멧돼지 다리를 뜯으며 체란산의 지배자라 불리는 친구 라개드를 떠올렸다.

'하긴 쉽게 당할 녀석이 아니지.'

이틀이 멀다 하고 마화 루비아나에게 두들겨 맞은 자이언트 오크 라개드. 그로부터 형성된 가공할 맷집은 로이스도 인정할 정도다.

게다가 매브리스 따위가 가진 연약한(?) 이빨로는 흠집조차 내지 못할 정도로 단단한 피부를 가지고 있다.

괴력의 오크 대장 라개드!

로이스가 떠난 이상 체란산에 라개드를 쓰러뜨릴 존재는 사실상 없을 것이다.

마화 루비아나의 죽음.

그것은 소년 로이스뿐만 아니라 방대한 체란산 인근에 서식하는 몬스터들에게도 큰 영향을 미쳤다. 그동안 루비아나의 위세에 눌려 쥐죽은 듯 숨어 지내던 수괴급 몬스터들이 대거 봉기한 것이었다.

그들의 목표는 다름 아닌 자이언트 오크 라개드.

체란산 몬스터 중 최강이라 불리는 라개드를 꺾어 체란산의 지배자라는 칭호를 획득하기 위함이었다.

미노타우루스 라강도 그에 해당했다.

4로빗(4미터)에 달하는 거대한 체구를 가진 라강과 그의 부하들인 리자드맨 백여 마리가 기세등등하게 행군을 하고 있었다.

"크크크! 라개드, 내가 그동안 네놈이 두려워서 가만둔 줄 알았느냐?"

라강은 오래전부터 라개드가 체란산의 지배자라 불리는 것이 무척 눈꼴시었다. 진작부터 한판 붙고 싶었지만 오크 마을 근처에 살고 있는 마화 루비아나의 심기를 거스르고 싶지 않아 꾹꾹 눌러 참았을 뿐이다.

그런데 이제 마화가 죽었으니 더 이상 거칠 것이 없었다. 라개드와 그의 휘하 오크들을 모조리 도륙한 후 체란산의 지배자가 될 일만 남은 것이다.

그때 정찰을 나갔던 리자드맨 정찰병 하나가 장창을 부

여잡고 달려왔다.

"라강 님! 앞쪽에 인간 둘이 나타났는데 어떻게 할까요?"

"지금 인간이라 했느냐?"

라강은 이게 웬 떡이냐는 듯 입을 쩍 벌리며 입맛을 다셨다.

'그렇지 않아도 간식거리가 필요했는데 잘 됐군.'

이곳에 오기 전에 짐승들을 잡아 충분히 배를 채웠지만 식탐이 유독 강한 라강은 벌써 출출함을 느꼈다.

"잡아 와라. 둘 중 하나는 너희들에게도 나눠 주지."

평소 같으면 맛 좋기로 유명한 인간의 피와 고기를 양보하지 않을 것이다. 그러나 전투 전이니 사기 진작이 필요했다. 모두에게 줄 수는 없고 분대장급에게만 나눠 주면 충분할 것이다.

*　　*　　*

"하아!"

가파른 산의 중턱을 힘겹게 걷는 두 명의 인물. 붉은 후드를 뒤집어쓴 소녀가 숨을 몰아쉬자 앞서 길을 열던 여인이 멈춰 섰다.

"잠시 쉬었다 갈까요, 공주님?"

후드 소녀 아시엘은 고개를 흔들었다.

"추격자들이 쫓아오고 있을 것이니 그냥 가는 게 좋겠어요. 나는 아직 괜찮으니 걱정 마세요, 스위니 경."

라키아 대륙 서남부에 위치한 소국 루파인.

얼마 전 사르곤 제국의 침공으로 루파인 왕국은 무너지고 말았다. 국왕을 비롯한 왕가의 식솔들은 모두 참수 당하거나 뿔뿔이 흩어져 생사조차 불분명했다.

삼공주 아시엘도 그중 하나였다. 그녀를 호위하는 기사 스위니가 아니었다면 진작 죽음을 면치 못치 못했을 것이다.

스위니는 루파인 왕국에서 세 손가락에 들 만큼 뛰어난 검술 실력을 가지고 있지만 사르곤 제국에는 그녀 수준의 검사들이 널려 있었다. 참혹한 전장에서 아시엘만 간신히 구출한 것도 기적이었다.

그러나 그 후로 제국의 추격조에 쫓겨야 했다. 대륙 서남부에서 북부 체란산에 오기까지 반 년 가까운 시간이 지났지만 추격은 끊이지 않았다.

체란산은 몬스터들이 득실거려 모두가 오기 꺼려하는 험지.

그동안 그들이 숱한 죽을 고비를 넘기며 이곳까지 온 이유는 체란산 북부, 보랏빛 구름 바다 너머에 존재한다는 샤론 대륙에 가기 위함이었다.

샤론 대륙은 체란산에 비할 수 없이 흉악한 몬스터들이 우글거린다는 미지의 땅이다.

사실 제국의 끈질긴 추적을 피하기 위해서 막연히 가고는 있지만 과연 옳은 선택인지는 알 수 없었다.

뭔가 알 수 없는 힘이 그녀를 그곳으로 잡아끌고 있는 것 같기도 했지만, 어차피 샤론 대륙 외에 다른 선택은 없었다.

사르곤 제국의 추격조는 아시엘이 라키아 대륙 그 어느 곳에 숨어도 결국은 찾아낼 테니까.

"이제 조금만 쉬어요, 스위니 경."

중턱에서 내려와 계곡이 있는 곳에 이르자 가쁜 숨을 애써 참고 걷던 아시엘이 크게 숨을 몰아쉬었다.

"저곳이 좋겠군요."

스위니는 계곡 근처 커다란 바위를 발견했다. 그렇지 않아도 날이 어둑해지고 있으니 야숙할 곳이 필요했다. 바위 밑이라면 밤의 찬바람을 피하기 좋을 것이다.

"……!"

그런데 바위 쪽을 향하던 스위니가 돌연 검을 빼 들고 주위를 살폈다. 뭔가가 수풀을 헤치고 빠르게 접근하고 있었다.

'한둘이 아니야. 설마?'

스위니의 안색이 딱딱하게 굳었다. 언뜻 느껴지는 기척만 해도 수십이 넘었다. 저들이 만일 제국의 추격조라면 더 이상 달아나는 것은 불가능할지도.

"크크크크!"

그때 음침한 웃음소리와 함께 장창을 든 도마뱀 머리의 몬스터들이 모습을 드러냈다.

'리자드맨?'

스위니는 나타난 것들이 제국의 추격조가 아닌 몬스터인 것에 한편으로 안심했다.

그러나 그것도 잠시. 과연 수십 마리나 되는 리자드맨들을 그녀 혼자서 상대할 수 있을지 의문이었다.

'이럴 수가! 오십 마리도 넘겠어.'

리자드맨들의 숫자는 점점 더 많아졌다. 오십 마리를 훨씬 넘어 백여 마리에 육박했을 때 스위니는 뭔가가 잘못되었음을 느꼈다.

그러다 리자드맨 뒤쪽에 나타난 시커먼 형상의 거대 몬스터를 본 순간 그녀의 안색은 새파랗게 질리고 말았다.

'미…… 미노타우루스!'

황소 머리를 한 인간형 몬스터. 암흑처럼 시커먼 머리에 하얗게 번뜩이는 두 눈. 흡사 악마를 보는 것 같았다.

Chapter 4
환상의 미소년

"아아…… 저 저주받은 몬스터가 나타나다니 큰일이군 요."

아시엘 역시 충격을 받은 듯 몸을 떨었다. 스위니는 급히 미소를 지으며 그녀를 안심시켰다.

"걱정 마세요, 공주님. 제가 어떻게든 막아 보겠어요."

말은 그렇게 했지만 스위니의 안색은 다시 굳어지고 말 았다.

'공주님! 이제 저의 능력으로는 더 이상 공주님을 지켜 드리지 못할 듯해요.'

포악한 숲의 파괴자 미노타우루스까지 나타난 이상 이곳

에서 벗어나기란 불가능했다.

'공주님만 살아남을 수 있다면…….'

다행히 아시엘에게는 한동안 몸을 투명하게 만들어 주는 마법의 두루마리가 한 장 있었다. 그것이라면 스위니가 시간을 끄는 동안 충분히 이곳을 빠져나갈 수 있을 것이다.

그런데 상황은 더욱 악화되고 있었다.

그녀들이 지나온 뒤쪽에서 인기척이 느껴지는가 싶더니 십여 명의 인물들이 나타난 것이다. 대부분 흑색의 체인 메일을 몸에 두른 날렵해 보이는 무사들이었다.

"휘우! 여기 있었군."

그들은 아시엘과 스위니를 발견하자 휘파람을 불며 키득거렸다. 그중 가장 앞에 있는 금발 청년을 본 스위니는 이를 갈았다.

"잭스! 여기까지 쫓아오다니 정말 질기구나."

"너야말로 이곳까지 도망쳐 오다니 대단하군. 오늘로서 그것도 끝이지만 말이야."

잭스의 뾰족한 눈동자가 스위니에 이어 아시엘을 향했다.

"무척 힘들어 보이시오, 아시엘 공주."

"닥쳐요. 무슨 염치로 내 앞에 나타난 거죠?"

잭스를 본 아시엘은 치를 떨었다. 루파인 왕국을 배신해 사르곤 제국의 앞잡이가 된 기사 잭스. 스위니와 함께 루파인 왕국의 삼대 기사 중 한 명이었다.

"이제 나와 함께 갑시다, 아시엘 공주. 제국에서 그대의 생명을 해치지 않겠다는 약조를 했으니 두려워할 필요 없소."

짐짓 미소를 지으며 부드럽게 말했지만 눈빛은 음흉하기 짝이 없었다. 잭스는 이전부터 아시엘을 향해 노골적인 구애를 해 왔다. 아시엘이 보기 싫은 듯 인상을 찡그리자 스위니가 그녀의 앞을 막고 잭스를 노려봤다.

"왕국을 배신한 제국의 개! 용서하지 않겠다."

"흣흣흣! 제국의 개라! 칭찬으로 듣지. 허약한 소국의 기사가 될 바엔 차라리 거대한 제국의 개가 되는 것이 현명하지 않겠어?"

젝스의 눈이 하얗게 번뜩였다. 스위니는 잭스의 눈이 미노타우루스의 흉포한 눈빛과 다를 바 없다는 생각이 들었다.

그러고 보니 앞뒤로 포위된 상황.

어쩌면 차라리 잘된 듯했다. 잭스 일행도 몬스터 무리와 싸움이 벌어질 터. 그 사이 아시엘이 투명화 마법으로 빠져나가면 되는 것이다.

물론 스위니 자신은 이곳에서 뼈를 묻을 작정이었지만.

'흥! 다른 놈은 몰라도 왕국을 배신한 잭스 너만은 용서 못해! 너 역시 이곳에서 뼈를 묻게 해 주지.'

그렇게 스위니가 입꼬리를 비틀며 묘한 미소를 흘리자 그제야 잭스는 일이 심상치 않게 돌아가는 것을 깨달았다. 추격에 눈이 팔려 미처 몬스터 무리를 발견하지 못했던 것이다.

'제길! 좋지 않다.'

특히 우글거리는 리자드맨들 사이에 서 있는 대형 몬스터를 보자 간이 철렁 내려앉고 말았다.

"헉! 미노타우루스다!"

"저 끔찍한 괴물이 나타나다니!"

함께 온 잭스의 부하들도 적지 않게 놀라는 기색이었다. 리자드맨들이라면 비록 숫자가 많아도 한 번 해볼 만했다. 그러나 미노타우루스는 모두가 함께 덤벼도 이길 수 있을지 의문이었다.

'가급적 몬스터들과는 부딪치지 말고 아시엘만 데려가야겠군.'

그러나 잭스의 내심을 짐작한 스위니는 그가 섣불리 덤벼들지 못하도록 몬스터 무리가 있는 쪽으로 약간 이동했다. 동시에 아시엘의 귀에 나직이 말했다.

"잠시 후 제가 신호를 보내면 두루마리의 마법을 펼친

후 이곳을 빠져나가세요."

"그럴 수 없어요!"

스위니의 말이 무엇을 의미하는지 아시엘이 모를 리 없었다. 그녀가 고개를 흔들자 스위니가 눈을 강하게 빛냈다.

"부디 저의 희생을 헛되게 하지 마세요, 공주님."

그녀는 검집을 버리고 검을 높이 치켜들었다. 리자드맨들이건 제국의 추격조건 누구든 먼저 달려드는 놈들은 가만두지 않겠다는 듯 주위를 사납게 노려봤다.

"루파인 왕국을 위하여!"

스위니의 가슴이 세차게 뛰었다. 기사 서임 당시 했던 충성 서약. 이제 죽음으로써 그것을 지킬 수 있어서 다행이었다.

'난 두렵지 않아. 이 순간을 기다렸어.'

기사로서 가장 영광스러운 죽음. 처음 검을 잡을 때부터 꿈꿔 왔던 그녀만의 환상이었다. 그 대상이 비록 이제는 무너져 폐허로 변한 왕국일지라도.

'완벽해. 이토록 멋진 죽음이라니.'

스위니의 입가에 장엄한 미소가 맺혔다.

'......!'

그때 전혀 뜻밖의 일이 벌어졌다. 갑자기 어디선가 뚝 떨어지듯 나타난 소년!

10대 후반으로 보이는 훤칠한 키에 늘씬한 체격. 등에 기다란 할버드를 둘러맨 소년은 허름한 가죽옷을 대충 걸치고 있었다.

소년은 뭔가에 심통이 난 듯 인상을 찡그렸다. 그러다 돌연 리자드맨들 사이에 있는 미노타우루스를 향해 손가락을 까닥했다.

"허……!"

모두들 어이없어하는 표정을 지었다. 방금 소년이 취한 동작. 그것은 주인이 시종을 부를 때 취하는 태도와 흡사했다. 물론 소년의 치기 어린 장난일 것이다.

그런데 왜 하필 난폭하기 짝이 없는 미노타우루스를 상대로 그 짓을 한단 말인가.

'쯧! 불쌍한 소년이군.'

잭스는 혀를 찼다. 소년이 봉변을 당하는 모습이 눈에 선했다. 분노한 미노타우루스는 번개처럼 뛰어가 소년을 패대기칠 것이다. 아니면 곧바로 커다란 입을 벌려 집어삼켜버릴 수도 있었다.

'어쩌다가 하필!'

잭스는 소년이 죽게 된 것이 무척 안타까웠다. 소년은 결코 그렇게 죽어서는 안 될 것 같았다. 그러다가 문득 고개를 절레절레 흔들었다.

'내가 지금 무슨 생각을?'

원래 잭스는 인정이 많은 편이 아니었다. 오히려 그 반대가 맞았다. 섬기던 왕과 조국을 배신한 철면피이지 않은가.

따라서 저따위 생면부지의 소년이 죽든 말든 눈 하나 깜빡하지 않아야 했다. 그런데 왜 안타까운 감정이 들었을까?

비로소 소년을 다시 쳐다본 잭스는 그 이유를 알 수 있었다.

'대체 저게 사람인가?'

소년을 보며 놀라는 사람은 잭스만이 아니었다.

'세상에!'

왕국을 위한 거룩한 희생을 하겠다는 당찬 각오로 칼을 치켜든 스위니의 가슴이 소년을 본 순간 크게 고동치기 시작했다.

'어찌 저렇게……?'

그녀는 말문이 막혔다. 소년의 외모는 말로 쉽게 설명이 되지 않았다.

마치 그린 듯 섬세하게 뻗은 눈썹. 그 아래 심연처럼 반짝이는 푸른 눈동자는 말 그대로 사파이어를 녹여 만든 호수 같았다.

눈이 내린 듯 하얀 피부. 타오르는 듯한 붉은 입술. 조끼처럼 작은 가죽옷 사이로 드러난 균형 잡힌 근육까지!

누군가 상상을 동원해 그린다 해도 이처럼 완벽한 모습을 만들어 낼 수는 없었다.

그야말로 뇌쇄적인 매력!

잭스 같은 철면피 남자들마저 멍하게 만들었으니 여자들은 오죽하겠는가. 스위니뿐 아니라 아시엘도 넋 놓고 소년을 쳐다봤다.

그러나 정작 소년은 그런 것을 모르는 듯했다. 여전히 심통 난 표정으로 다시 한 번 손가락을 까닥했다. 당장 오지 않으면 가만두지 않겠다는 듯 눈에 힘을 주었다.

그러자 미노타우루스 라강이 움찔했다.

팽팽한 긴장감이 전신을 엄습했고 심장이 쾅쾅 뛰었다. 그것은 절대로 대항해서는 안 된다는 위험 신호였다.

'강적이다!'

하지만 상대는 그저 인간. 자신의 반도 안 되는 자그마한 인간 따위에게 꼬리를 내려야 한다니 자존심이 무척 상했다. 게다가 이곳에는 부하들도 있었다.

'크르르르! 감히!'

그러나 소년이 힐끗 노려보며 인상을 찡그리는 순간 라강은 토끼처럼 펄쩍 뛰어 소년 앞으로 달려가는 자신을 발견했다.

부하들 앞에서 비굴한 모습을 보이고 싶지는 않았지만 몬스터 특유의 생존 본능이 자존심 따위를 내팽개치게 했던 것이다.

가까이 가자 소년의 기운이 더욱 확실히 느껴졌다.

흡사 거대한 산 앞에 서 있는 초라한 기분! 쓸데없이 자존심을 부리지 않은 것이 얼마나 잘한 일인지.

라강은 가슴을 쓸며 조심스레 입을 열었다.

"쎠, 쎠스루브랄?(부르셨습니까?)"

"너 혹시 샤론 대륙으로 가는 길 알고 있어?"

소년은 사뭇 진지한 눈빛이었다. 심통이 난 이유도 길을 못 찾아서인 듯했다.

"노랴스칼 규래드랄…….(샤론 대륙이라면…….)"

라강은 최대한 소년이 알기 쉽게 손짓 발짓을 동원해가며 샤론 대륙으로 가는 길을 설명했다.

"음. 그쪽이었군."

소년 로이스는 고개를 끄덕였다. 오크 마을을 떠나온 지 어느덧 하루. 무작정 북쪽으로 가기에는 체란산이 너무 방대했다.

가도 가도 첩첩산중이랄까?

아마도 라개드라면 길을 잘 알고 있을 것이다. 그렇다고 다시 하루나 되는 길을 돌아가 물어볼 수도 없는 일. 그러다 때마침 몬스터 무리를 만나게 된 것이었다.

"알았어. 그럼 넌 가 봐."

"아, 아스마그랄!(감사합니다.)"

라강은 허리를 꾸벅 숙여 인사를 하고는 물러났다. 그러고는 혹시라도 로이스가 마음이 변해 다시 부를까 봐 겁이 나는지 부리나케 달려갔다. 백여 마리에 달하는 리자드맨들도 라강을 따라 급히 사라졌다.

'저쪽은?'

라강이 사라진 방향은 로이스가 걸어온 곳이었다. 척 보니 오크 대장 라개드와 한 판 붙으러 가는 듯했다.

로이스는 슬쩍 살펴보는 것만으로도 라강의 전투력을 짐작했다. 미노타우루스 특유의 괴력은 알아줄 법 했지만 그래 봤자 라개드 앞에서는 어린아이 수준에 불과했다.

'라개드 녀석 무척 좋아하겠군.'

라개드는 적당히 라강을 가지고 놀다 모처럼 포식을 한다며 좋아할 것이다. 리자드맨 병사들도 오크들의 푸짐한 먹을거리로 전락할 게 분명했다.

'아 참……!'

로이스는 비로소 자신을 물끄러미 쳐다보고 있는 사람들을 향해 시선을 돌렸다.

'사람들이다!'

가슴이 뛰었다. 엄마 루비아나 이외의 사람들을 본 것은 처음. 그러나 루비아나는 꽃의 요정이니 엄밀히 말해서 사람이 아니었다. 사실상 태어나서 처음으로 자신이 아닌 다른 사람을 본 것이다.

'과연 모두 옷을 입고 있군. 라개드 녀석 말이 틀리지 않았어.'

하루 동안 거치적거리는 가죽옷을 벗어 버릴까 수차례 고민했지만 사람들이 벌거숭이를 싫어한다는 말에 그럭저럭 참고 있었다.

'후후, 역시 옷을 버리지 않길 잘했어.'

로이스는 자신도 옷을 입고 있음을 강조하기 위해 가죽옷을 툭 치며 싱긋 웃었다.

"아……!"

"오오!"

로이스의 미소를 본 순간 스위니와 아시엘은 또다시 넋을 잃었다. 잭스 등도 마찬가지였다.

로이스가 조금 전 숲의 난폭자 미노타우루스를 무슨 강아지 다루듯 한 것도, 몬스터와 대화를 나누는 신기한 광경도, 지금 보여 주는 마력적인 미소에 비하면 그리 놀랄 만한 것이 아니었다.

'뭐야, 왜 나를 저렇게 쳐다보지?'

뚫어져라 쳐다보는 강렬한 시선들이라니.

로이스는 적지 않게 당황했다. 자신은 반가워서 미소를 보냈는데 모두들 굳어진 표정으로 노려보고 있으니 한편으로는 기분이 나빴다.

'내 옷이 너무 낡아서 그러나 보군. 라개드 녀석 좀 괜찮은 것을 줄 것이지.'

로이스가 보기에 모두들 무척 좋아 보이는 옷을 입고 있었다. 쇠붙이로 만든 갑옷에 멋진 문양들도 보였다. 금발 청년이 입고 있는 은빛 갑옷에서는 반짝반짝 윤기가 났다.

로이스는 불쑥 고개를 숙여 자신의 옷을 내려다봤다. 누런 땟물이 얼룩진 지저분한 흑색 상의. 무척 작아 사실상 걸치고 있다 뿐이지 상반신이 대부분 노출되었다.

하의 역시 마찬가지다. 간신히 끼어 입긴 했지만 곳곳이 찢어져 너덜거렸고 무릎 아래 종아리는 허옇게 드러나 있었다. 답답해서 찢어 버린 것이 무척 후회가 되었다.

'이게 뭐야!'

로이스는 침울해하는 표정을 지었다. 사람들과 비교하기 전까지는 이토록 초라한 것인지 알지 못했다. 특히 한쪽에 서 있는 소녀와 눈이 마주치자 이상하게 얼굴이 화끈거릴 만큼 창피했다.

팟!

곧바로 로이스는 수풀 사이로 몸을 날렸다. 워낙 번개 같은 움직임이라 흡사 그 자리에서 바로 사라진 듯 보였다.

"……!"

로이스의 모습이 갑자기 사라지자 모두들 깜짝 놀랐다. 꿈에서나 볼 듯 환상적인 미소를 보내던 소년이 갑자기 침울한 표정을 짓더니 사라져 버렸다. 대체 무엇 때문에 기분이 상한 것일까?

"하아!"

스위니와 아시엘은 깊게 한숨을 내쉬다 돌연 서로를 마주 보며 고개를 끄덕였다.

소년이 사라진 것이 아쉬웠지만 지금은 그게 문제가 아니었다. 사나운 몬스터들은 물러갔지만 제국의 추격조는 여전히 남아 있었다. 특히 잭스는 결코 만만한 상대가 아니다.

그러나 재빨리 사태를 파악한 후 달아날 궁리를 하던 그녀들과는 달리 잭스 등은 여전히 소년이 사라진 방향을 쳐다보며 꿈꾸듯 몽롱한 표정을 짓고 있었다.

그것을 본 스위니의 눈이 매섭게 번뜩였다.

'놈이 아직 정신을 못 차리고 있어.'

사실 그녀들이 그들보다 먼저 정신을 차린 이유는 정신력이 뛰어나서라기보다는 쫓기는 자로서 느끼는 생존 본능

때문이었다. 느긋하게 추격하는 잭스 등에 비해 그녀들은 몇 배나 더 긴장을 하지 않으면 안 되었던 것이다.

'잭스 녀석만 없애면 나머지는 크게 걱정할 건 없어.'

스위니는 잭스를 노려보며 심호흡을 했다.

그와의 거리는 대략 20로빗(20미터).

제법 먼 거리이긴 했지만 방심을 틈타 기습을 하면 치명상을 입힐 가능성도 없지 않았다. 어차피 이대로 달아나 봤자 따라잡히는 건 순식간이니 기습을 통해 승부를 보는 거다.

조금 전까지만 해도 루파인 왕국을 위해 장렬히 전사하겠다는 기사도 정신에 불타 있었던 그녀였다.

그러나 지금은 어떻게든 살아남는 것이 좋지 않을까, 하는 생각이 조금씩 똬리를 틀기 시작했다. 굳이 그 소년 때문이라 말하고 싶진 않지만.

'그래, 이대로 죽는 건 너무 억울해.'

물론 그녀는 기사로서 아시엘 공주를 보호해야 한다는 그 사명감까지 포기하지는 않았다. 그저 임무도 완수하고 자신도 살아야겠다는 방향으로 계획을 수정했을 뿐이었다.

"잠시 후 제가 잭스를 기습하면 공주님께서는 즉시 두루마리를 펼치고 달아나세요. 저는 놈들을 유인하다 적당히 따돌리고 공주님께 갈 테니 제 걱정은 하지 마시고요."

스위니가 나직이 속삭이자 아시엘은 이내 고개를 끄덕였다.

"조심하세요, 스위니 경."

✻   ✻   ✻

한편 로이스는 멀찍이 떨어진 나무 위에서 그녀들을 지켜보고 있었다.

창피해서 숨긴 했지만 사람들에 대한 관심마저 사라진 것은 아니다. 흉측한 몬스터들만 보다 자신과 동일한 사람들을 보니 왠지 호기심이 생겼다.

'옷만 좀 괜찮은 것이 있으면 좋을 텐데.'

특히 금발 청년 잭스의 번쩍이는 은빛 갑옷이 무척이나 부러웠다. 그러다 스위니가 고양이처럼 살금살금 기척을 숨기며 잭스에게 접근하는 것을 발견했다.

'저들은 서로 사이가 좋지 않은가 보군.'

스위니의 목적은 분명했다. 하늘거리는 주홍빛 머리카락 사이에서 날카롭게 빛나는 눈빛. 그것은 살기였다. 로이스는 흥미로운 표정으로 그것을 지켜봤다.

파앗―!

거리가 10로빗 이내로 좁혀질 때까지 잭스가 눈치채지

환상의 미소년 97

못하자 스위니는 곧바로 지면을 박찼다.

급작스러운 기습. 잭스가 그것을 눈치챘을 때는 스위니가 지척으로 다가와 있을 때였다.

"죽엇!"

깜짝 놀라 고개를 돌리는 잭스의 목을 향해 스위니의 검이 일직선으로 파고들었다.

"으헉!"

잭스는 대경실색하여 급히 몸을 틀었다. 스위니의 기습은 절묘했지만 그 한 번의 공격에 무너질 만큼 잭스는 호락호락하지 않았다.

"비겁하게 기습 따위를 하다니 실망이군, 스위니!"

"닥쳐!"

스위니는 사선으로 쳐올리는 잭스의 장검을 허리를 숙여 가볍게 피한 후 다시 그의 목을 향해 검을 찔러 넣었다.

정확하게 빈틈을 파고드는 매서운 공격!

잭스가 다급히 우측으로 피하는 순간 스위니는 그것을 예상했다는 듯 찌르던 검을 들어 올려 잭스의 머리를 향해 비스듬히 내리그었다.

"이, 이런!"

잭스의 안색이 창백하게 변했다. 재빨리 검을 위로 들어 올려 막았지만 스위니는 또다시 그것을 예상했다는 듯 검의 방향을 바꿔 잭스의 왼쪽 어깨를 노렸다.

"차앗!"

힘찬 함성과 함께 내리긋는 은빛 검신에서 연푸른빛이 번쩍였다.

콰직!

단단한 플레이트 견갑이 움푹 들어가며 갈라졌고 그 사이로 붉은 피가 솟구쳤다.

"크윽! 제길!"

잭스는 어깨를 부여잡고 비틀거렸다. 급작스러운 기습에 제대로 자세를 잡지 못하고 수세에 몰리더니 결국 당하고 말았다. 워낙 순식간에 벌어진 일이라 잭스의 부하들은 그때까지 멍하니 지켜보고만 있었다.

"빌어먹을! 저년을 공격하지 않고 뭣들 하느냐?"

분통 터진 잭스가 고래고래 소리 지르자 그들은 그제야 우르르 달려와 스위니를 에워쌌다.

"공주님! 어서요!"

그 순간 스위니가 고개를 돌려 아시엘을 향해 외쳤다. 아시엘이 기다렸다는 듯 두루마리를 펼쳤다.

스스스스—

곧바로 아시엘의 몸이 흐릿해지더니 그 자리에서 자취를 감춰 버렸다. 그것을 본 잭스가 다시 소리를 질렀다.

"제길! 공주가 사라졌다! 찾아라."

부상을 입은 와중에도 잭스는 부하 둘을 시켜 공주의 뒤를 쫓게 했다. 그 사이 나머지 여덟 명의 부하들은 스위니를 포위해 몰아붙였다.

'공주님, 최대한 멀리 달아나세요.'

스위니는 일부러 밀리는 척하며 무사들을 잡아 두었다. 잭스가 부상을 입은 이상 그의 부하들은 그녀의 상대가 되지 못한다.

적당히 기회를 틈타 몇 놈을 해치우고 몸을 빼내는 건 그리 어렵지 않을 듯했다.

그러나 아시엘은 그리 멀리 가지 못했다. 투명화 마법으로 몸이 보이지는 않았지만 발걸음 소리마저 숨길 수는 없었다.

눈치 빠른 무사들이 그녀가 있을 법한 곳을 뒤지고 있어 함부로 움직일 수가 없었던 것이다.

'이러다 마법이 풀리면 끝장이야.'

결국 그녀는 숨을 죽이며 조심스레 움직이기 시작했다. 발걸음 소리를 줄이기 위해 가급적 낙엽이 없는 부분만 밟았다.

그러다 무사들과 어느 정도 거리를 벌렸다 생각한 순간 있는 힘껏 달렸다.

'최대한 멀리 가야 해!'

혼자 싸우고 있는 스위니를 두고 달아나는 것이 마음에 걸렸지만 자신이 근처에 있는 것이 오히려 스위니를 더욱 위험하게 하는 것임을 알았다.

얼마나 달렸을까? 아시엘은 멀찍이 앞쪽에 서 있는 한 명의 중년 남자를 발견하고는 급히 멈춰 섰다.

'설마 저자는?'

전신을 칭칭 감은 듯한 흑색의 로브에는 핏빛의 박쥐무늬가 선명히 수놓아져 있었다.

허리까지 내려오는 밤색 머리카락.

그 아래로 핏기 없는 얼굴에 음침한 잿빛 눈동자가 드러나 있었고 푸르스름한 입술에 튀어나와 있는 두 개의 송곳니는 보기만 해도 소름 끼쳤다.

마치 흡혈귀와 같은 외모였다.

'카…… 카센 위즈가브 자작!'

아시엘은 너무 놀라 비명을 지를 뻔했다. 카센 자작은 사르곤 제국의 마법사 중 하나인데 잔인한 성격으로 악명이 자자했다. 소문에 의하면 진짜 흡혈귀라는 말도 있었다.

'저 끔찍한 자가 이곳까지 나타나다니.'

아시엘은 루파인 왕국을 수호하던 기사들과 마법사들이 카센 자작에게 얼마나 처참하게 죽었는지 멀리서 목격했기에 잘 알고 있었다.

다행히 그는 아직까지 그녀를 발견하지 못했는지 주위를 두리번거리고만 있었다.

아시엘은 급히 나무 사이로 몸을 숨겼다.

'섣불리 움직여서는 안 돼.'

마법사인 카센 자작 앞에서는 인비저빌리티의 투명화 마법 따위는 금세 발각될 수 있다. 문제는 투명화 마법이 풀릴 시간이 곧 임박했다는 것.

'큰일이야.'

이러지도 저러지도 못할 상황에 아시엘은 아득한 절망을 느꼈다.

지난 반 년 동안 숱한 죽을 고비를 넘기며 간신히 이곳 체란산 북부에 도달했다. 이제 조금만 더 가면 샤론 대륙에 들어가게 되는데 하필 카센 자작이 나타나다니.

"……!"

그때 돌연 이상한 시선이 느껴졌다. 그녀가 숨은 나무 근처였다.

'아앗!'

고개를 들어 위를 올려다본 아시엘은 깜짝 놀랐다. 아까 사라진 그 신비한 소년이 나뭇가지에 앉아 그녀를 물끄러미 쳐다보고 있었던 것이다.

'설마 나를 볼 수 있는 걸까?'

아시엘은 소년이 그곳에 있는 것도 놀랐지만 투명화 상태인 그녀를 빤히 바라보고 있는 것에 더욱 놀랐다. 호기심으로 반짝이는 소년의 눈빛은 그녀의 모습을 생생히 관찰하고 있는 듯했다.

씨익.

로이스는 아시엘과 눈이 마주치자 어색하게 웃었다. 호기심이 들어 뒤따라왔는데 아시엘이 눈을 동그랗게 뜨며 놀라자 조금은 무안하기도 했다.

'예쁘다!'

자세히 보니 엄마 루비아나보다 더 예쁜 것 같았다. 후드 아래로 보석처럼 반짝이는 눈동자. 매끈한 콧날 아래 꽃잎처럼 붉은 입술!

특히 아시엘의 입술은 마치 아침 이슬을 머금은 장미꽃처럼 촉촉하면서도 황홀한 아름다움을 뿜어냈다. 로이스는 훌쩍 뛰어내려 아시엘의 입술에 손가락을 가져다 댔다.

'……무, 무슨 짓이야?'

아시엘은 깜짝 놀라 하마터면 큰 소리를 지를 뻔했다. 다행히 카센 자작은 이쪽의 기척을 발견하지 못한 듯했다. 그 사이 로이스는 아시엘의 입술을 거쳐 턱까지 만지작거렸다.

호기심이 가득한 어린아이 같은 미소.

아시엘은 그 미소를 본 순간 아찔한 기분을 다시 느꼈다. 그러나 로이스의 손이 점점 더 밑으로 내려가는 순간 정신을 번쩍 차렸다.

'이…… 이 손 치우지 못해!'

아시엘은 눈을 크게 뜨고 노려보며 로이스의 손을 뿌리쳤다.

그러자 로이스는 놀란 표정으로 뒤로 물러났다. 호감의 표시로 만진 것뿐인데 이렇게 싫어할 줄이야.

'역시 내 옷이 너무 지저분해서 그런 거군.'

로이스는 침울한 표정으로 고개를 돌렸다. 그때 멀리 머리를 치렁하게 내려뜨린 사람이 하나 보였다.

사람이지만 흡사 몬스터와 같은 기운을 가진 이상한 자였다. 로이스는 훌쩍 몸을 날려 그 앞에 내려섰다.

"허억!"

카센은 갑자기 앞에 나타난 소년을 보고 깜짝 놀랐다.

'뭐냐? 이놈은 어디서 나타난 놈이지?'

자신의 이목을 숨기고 이토록 감쪽같이 접근한 것에 놀란 그는 소년의 인간 같지 않은 환상적인 외모에 또다시 놀랐다.

그러나 카센의 눈빛은 곧바로 음침하게 바뀌었다.

'산속에서 뜻밖의 보물을 만났군.'

소문대로 카센은 인간의 피를 빨아 마시는 사악한 흡혈 취미를 가지고 있었다. 제국에서는 눈치가 보여 주로 변방의 약소국에 있는 자들을 대상으로 은밀히 흡혈을 해 온 터였다.

그중에서도 그는 특히 미소녀나 미소년의 피를 매우 좋아했다.

'기특한 녀석! 제 발로 내 앞에 나타나다니.'

사실 카센은 제국의 대마법사 나칸의 명에 의해 루파인 왕국 최고의 미모를 가졌다는 삼공주 아시엘을 찾아 체란산을 뒤지고 있었다. 이미 추격조들이 파견되어 있지만 그가 직접 온 이유는 만에 하나 있을 수 있는 변수를 위해서였다.

그런데 전혀 예상치 못했던 곳에서 지금껏 한 번도 본 적이 없는 미소년을 만난 것이다.

'크흐흐흐! 여기선 뒤탈이 없겠군.'

이곳은 인적이 드문 곳. 따라서 주위의 이목을 두려워할 필요도 없다. 이런 좋은 기회를 놓칠 수 없다는 듯 카센의 눈빛이 마치 생쥐를 본 고양이마냥 섬뜩하게 빛났다.

"이리 가까이 오너라, 아이야."

짐짓 인자한 미소를 지으며 말하는 카센의 눈에서 영롱

한 빛이 일어났다.

"이제부터 너는 나의 종이다. 나는 너의 주인 카셴 자작이다……."

남자인지 여자인지 모를 여러 개의 음성이 동시에 울려 퍼졌다.

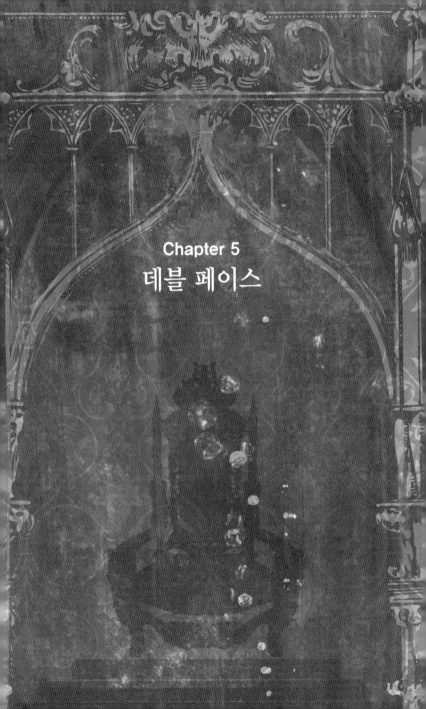

Chapter 5
데블 페이스

흡혈 전 상대를 현혹시켜 자신의 뜻에 따르게 하는 마법인 얼루어.

카센은 이로써 소년이 자신의 종이 되었을 것을 의심치 않았다. 곧바로 회심의 미소를 지으며 물었다.

"내가 너의 무엇이냐?"

그러면 당연히 '당신은 저의 주인이십니다, 마스터'라는 말이 나와야 했다. 한없이 존경 어린 표정을 지으며 말이다. 카센은 그 말을 기다렸다.

그러나 기대와는 달리 퉁명스럽다 못해 섬뜩한 한기가 느껴지는 짤막한 음성이 들려왔다.

"넌 뭐지?"

"……엉? 지금 뭐라 했느냐?"

카센은 믿을 수 없다는 듯 두 눈을 휘둥그레 떴다. 주문이 잘못 되었나 싶어 다시금 얼루어의 주문을 펼쳐 보았지만 소용이 없었다.

'이, 이놈은 대체 뭐냐? 어떻게 나의 마법에 당하고도 무사한 거지?'

뭔가 불길한 예감이 엄습해 급히 뒤로 물러나는 순간 아랫배에 묵직한 충격이 느껴졌다.

퍽—

"쿠억!"

이런 엄청난 충격이라니! 그는 입에서 피를 토하며 그대로 널브러졌다. 그러나 곧바로 벌떡 일어나 로이스를 때려죽일 듯 노려봤다.

"으윽! 이, 이런 미친놈이!"

아무래도 내장이 파열된 듯했다. 급히 회복 주문을 외워 출혈은 막았지만 몸서리쳐지는 고통까지 사라진 것은 아니었다.

"감히! 네놈을 갈기갈기 찢어 주마."

화가 머리끝까지 치솟은 카센은 오른손에 마나의 기운을 응축시켰다.

츠츠츠츠!

앙상하게 말라 시퍼런 정맥이 드러난 그의 손 주위로 바람의 기운이 급속히 모여들더니 사람 머리통만 한 잿빛의 구형체가 생겨났다.

쒸이잉—

구형체는 빠르게 회전하며 마치 유령이 울부짖는 듯한 섬뜩한 소음을 냈다. 서서히 손을 내뻗는 카센의 두 눈이 광기로 이글거렸다.

'건방진 놈! 죽음을 자초하다니.'

카센은 홧김에 그가 알고 있는 가장 강력한 마법 중 하나인 디젝트를 펼친 것이었다.

디젝트는 겉보기에 그저 평범한 윈드 볼과 흡사하지만 적중된 순간 단순 타격에 그치지 않고 상대를 해부하듯 산산조각 내 버리는 무서운 마법이다.

플레이트 메일을 두른 기사들도 갑옷과 함께 육편으로 변해 버리는 가공할 위력을 가진 공포의 마법.

그것이 지금 카센의 손에서 뻗어 나가기 시작했다.

'크흐흐흐! 뒈져라!'

카센은 디젝트가 펼쳐 내는 피의 향연을 기대했다.

우둑!

그런데 전혀 뜻밖의 소리가 들려왔다. 앞으로 내뻗은 카센 자신의 오른 손목이 뒤로 꺾여 부러져 있었다. 거기서 끝이 아니었다.

우두두둑!

오른팔이 통째로 뒤틀리더니 어깨뼈가 부러졌다.

"크악!"

카센이 비명을 질렀지만 고통은 그치지 않았다. 이어서 왼쪽 견골, 그리고 오른쪽 대퇴부가 차례로 부러져 나갔다.

"크아아악!"

처절한 비명을 지르며 힘없이 바닥으로 나동그라지는 카센을 로이스는 싸늘한 눈빛으로 쳐다봤다.

"넌 나를 먼저 공격했어. 죽기 싫으면 내게 굴복해."

"……큭, 무슨 헛소리냐?"

카센은 극심한 고통 중에서도 가소롭다는 표정을 지었다. 동시에 혼신의 힘을 쥐어짜 마나를 끌어 올렸다.

'대, 대체 어디서 이런 괴물 같은 놈이!'

도저히 믿을 수 없었다. 고도의 마나가 응축된 디젝트의 기운을 손짓 한 번으로 흩어 버리는 불가사의한 능력이라니.

카센은 비록 마법의 최고봉이라 불리는 마도사급 마법사는 아니었지만 그 아랫줄에 있어서는 제법 이름이 알려져 있는 강력한 전투 마법사였다. 어쨌건 이대로 당하고만 있을 수는 없는 일.

'크으! 두고 보자 이놈!'

그 순간 카센의 몸이 흐릿해지더니 시커먼 박쥐 모양의
바람으로 변해 달아났다.

슝.

로이스는 고개를 돌려 멀리서 경악 어린 표정으로 서 있
는 아시엘을 쳐다봤다. 그녀는 로이스와 눈이 마주치자 흠
칫 몸을 떨었다. 붉은 후드 아래 드러난 뺨이 창백하게 질
려 있었다.

'쳇! 그렇게 괴물 보듯 할 건 없잖아.'

왠지 억울했다. 변명이라도 하고 싶었지만 지금은 달아
난 사냥감을 쫓는 것이 우선이었다.

휘익!

로이스는 카센이 달아난 방향으로 신형을 날렸다.

아무리 생각해도 놈은 몬스터였다.

물론 그것이 문제라는 생각은 들지 않았다. 그저 사람의
형상인데 몬스터와 같은 괴이한 기운을 풍겨 호기심이 들
었을 뿐이었다.

그런데 놈이 노골적인 적의를 드러냈고 거기에 암습까지
가했다. 게다가 죽을 만큼 타격을 가했는데도 잔꾀를 부려
달아날 만큼 영악했다.

'기분 나쁜 놈이야.'

상처받은 맹수를 살려 두면 언젠가 힘을 되찾고 보복을 가해 온다. 물론 그것을 우려할 만큼 놈이 강하지는 않지만 그렇다고 그대로 둘 수는 없었다.

복종하든지 아니면 죽든지.

지금껏 로이스에게 적의를 드러낸 몬스터들은 이 둘 중 하나를 선택해야 했다.

그것은 사실 마화 루비아나의 방식이었고 체란산의 법칙이었다. 로이스는 자연스레 그것을 터득했다.

대부분 철저히 굴복했고 그중에는 라개드처럼 친구가 된 녀석도 있지만 간혹 분수를 모르고 끝까지 이빨을 드러내다가 비참한 죽음을 당한 놈들도 적지 않았다. 얼마 전 죽은 숲의 포식자 매브리스도 그중 하나였다.

'놈이 달아났다는 건 내게 복종할 생각이 없다는 거겠지.'

감히 적의를 드러냈으면서도 복종하지 않았으니 결과는 하나였다. 로이스는 느긋하게 사냥감을 추적했다. 그리고 오래지 않아 산 중턱 동굴 속에 은신해 있는 카셴을 찾아냈다.

"헉! 오, 오지 마, 이 악마 같은 놈……!"

동굴 깊숙한 곳에 숨어 막 회복 마법을 펼치려던 카셴은 로이스가 모습을 드러내자 기겁했다. 비로소 죽음의 공포를 느낀 카센이 급히 목숨을 구걸하려 했지만.

"크악!"

공포의 흡혈 마법사 카센 자작의 허망한 죽음이었다. 잠시 후 동굴 밖으로 나온 로이스의 옷은 칙칙한 가죽옷에서 흑색의 로브로 바뀌어 있었다.

칭칭 감은 듯 물결 진 흑색 로브에는 커다란 붉은 박쥐가 정교하게 수놓아져 있었다. 곳곳에 얼룩진 혈흔 자국이 조금 거슬리긴 했지만 로브는 의외로 착용감이 편했다.

"가죽옷보다는 이게 나을 거야."

초라한 옷차림 때문에 주눅 들었던 로이스는 체격에 어울리는 옷을 입자 조금 자신감이 생겼다. 재빨리 아시엘이 서 있던 곳으로 달려갔다.

그러나 그곳에는 아무도 없었다. 물론 그녀의 행적은 근처의 발자국을 보고 어렵지 않게 추측할 수 있었다. 발자국은 크게 두 개로 이어져 있었다.

'둘이 함께 저쪽으로 갔군.'

로이스는 아시엘과 그녀의 호위 기사인 스위니가 사라진 방향을 정확히 찾아냈다. 마음만 먹으면 금방 따라잡을 수 있었지만 왠지 내키지 않았다. 아시엘이 괴물처럼 쳐다보며 경계하는 모습이 떠올랐던 것이다.

'나를 별로 좋아하지 않는 게 분명해.'

소녀 아시엘에게는 로이스의 마음을 잡아끄는 무언가가 있었다. 아시엘이 만일 싫어하지 않는다면 보호해 주고 싶은 마음도 있었다.

그러나 로이스는 그녀들을 뒤쫓지 않고 터벅터벅 산길을 걸었다.

걷다 보니 그녀들이 간 길을 가고 있었지만 그것은 그저 방향이 같아서일 뿐이었다. 그 길은 또한 미노타우루스 라 강이 가르쳐 준 샤론 대륙으로 가는 방향과도 일치했다.

*   *   *

이튿날 아침, 산을 넘어 중턱쯤에 이르렀을 때였다.

로이스는 앞쪽에 낯익은 인물들이 바쁘게 걷고 있는 모습을 발견했다.

붉은 후드 소녀 아시엘과 그녀를 수행하는 여인 스위니. 밤새 잠을 자지 않고 걸은 듯 그녀들은 무척 지쳐 보였다.

'얼마 가지 못했군.'

로이스는 밤에 충분히 휴식을 취한 후 출발했다. 그러나 그녀들은 그 사이 불과 산 두어 개를 간신히 넘은 듯했다.

사실 굳이 뒤쫓으려는 생각은 없었으나 방향이 같다 보

니 이렇게 다시 보게 된 것이다. 왠지 반갑기도 했지만 굳이 아는 척을 하고 싶지는 않았다.

로이스는 물끄러미 아시엘을 쳐다보다 문득 자신의 로브를 살펴봤다. 아시엘이 머리에 후드를 뒤집어쓴 모습이 제법 그럴듯해 보였기 때문이다.

'이 옷에는 모자가 없나?'

다행히 흑의 로브에도 모자 비슷한 것이 있었다. 로이스는 주저 없이 로브 상의 목 뒤로 늘어져 있는 뾰족한 모양의 후드를 뒤집어썼다.

로브를 살피던 중 상의 안쪽에서 묵직한 두루주머니도 하나 발견했다.

'이것은?'

두루주머니 속에는 동그랗고 누르스름한 뭔가가 가득 들어 있었다. 얼마 전 라개드가 인간에게 빼앗은 것이라며 자랑하듯 보여 주었던 물건과 동일했다.

'틀림없어. 금화라는 물건일 거야.'

예전에 소설책을 읽은 덕분에 금화가 어떤 용도로 쓰이는지는 대충은 알고 있다. 또한 사람들이 금화를 벌기 위해 얼마나 기를 쓰는 지도.

물론 로이스는 구체적으로 주머니의 금화가 어느 정도의 가치가 있는지는 알지 못했다. 그래도 주머니가 묵직한 것이 마음에 들었다.

'이제 사람들을 만나면 물건을 살 수 있겠구나.'

로이스는 두루주머니를 다시 안주머니에 집어넣고 어슬렁대며 걸었다.

사실 그는 모르고 있지만 뾰족한 후드를 눌러쓴 그의 얼굴은 흡사 지옥의 사신처럼 변한 상태였다. 후드 아래로 시커먼 음영이 생겼고 두 눈이 있는 부분만 허옇게 번뜩였다.

다름 아닌 카센이 후드에 걸어 놓은 '데블 페이스'라는 마법 때문이었다. 카센은 간혹 후드를 쓴 채 상대가 극도의 공포에 질리는 모습을 즐기며 살인을 저지르곤 했던 것이다.

차앙! 카앙!

그때 앞쪽에서 무기 부딪치는 소리가 들렸다.

"키키키! 기스므으칼……!"

"크키키키! 기스나그랄!"

인근을 배회하던 리자드맨 네 마리가 아시엘과 스위니를 습격한 것이다. 리자드맨들은 장창을 휘두르며 사납게 공격해 왔지만 스위니에 의해 금세 죽임을 당했다.

그녀들은 잠시 숨을 고르다 다시 걸음을 재촉했다.

그 뒤로도 그러한 습격이 빈번하게 이루어졌지만 스위니는 계속 검을 휘둘러 물리쳤다. 로이스는 모른 척 멀찍이서 그것을 지켜보며 뒤따랐다.

그러나 한편으로 의문이 들지 않을 수 없었다.

대체 왜 저토록 몸을 혹사하는 것일까?

그녀들은 한 번도 휴식을 취하지 않았다. 아시엘은 숨을 몰아쉬며 비틀거렸고 날랜 몸을 가진 스위니 역시 잦은 전투로 인해 체력이 고갈된 듯 무척 힘겨워 보였다.

'저러다 곧 쓰러지고 말겠지.'

지켜보고 있자니 무척이나 답답했다. 더 이상 신경 쓰지 말고 그냥 모른 척 그녀들을 지나쳐 버릴까 하는 생각이 들 무렵이었다.

"하아! 잠시 쉬어요, 스위니 경."

"네, 공주님!"

결국 그녀들도 한계가 온 듯했다. 둘은 주위를 힐끔 살피더니 나무 사이 으슥한 곳에 위치한 바위 위에 앉아 휴식을 취하기 시작했다.

아시엘은 나뭇등걸에 등을 기댄 후 눈을 감았고 스위니는 평평한 바위 위에 배낭을 풀었다. 배낭 속을 뒤지던 스위니의 안색이 굳어졌다.

'큰일이야. 식량이 모두 떨어졌어.'

말린 육포 조각 하나와 비스킷 두 개. 물병의 물은 서너 모금을 마시면 끝이었다. 육포와 비스킷으로 간단하게 요기하고 물은 간신히 목을 축일 수 있을 정도.

물이야 계곡에서 구하면 되지만 문제는 식량이었다. 산 짐승이라도 사냥할 수 있다면 좋을 것이다. 그러나 스위니는 사냥에 그리 능숙하지 못했다.

그렇다고 알지도 못하는 나무 열매를 함부로 따 먹을 수도 없는 일. 체력이 바닥인 상황에 배탈이 심하게 나기라도 한다면 산길을 가는 것이 더욱 힘들어질 것이다.

'어떻게든 먹고 힘을 내야 해. 자그마한 짐승이라도 잡아 봐야겠어.'

스위니는 손바닥만 한 육포 조각을 정확히 반으로 찢은 후 비스킷 하나와 함께 아시엘에게 내밀었다.

"먹고 기운을 차리셔야 해요, 공주님."

아시엘은 힘없이 고개를 끄덕이며 그것들을 받아 들었다. 그러고는 비스킷을 한입 살짝 베어 물었을 때였다.

불쑥.

갑자기 그녀의 앞쪽에 흑색의 그림자가 길게 드리워졌다. 깜짝 놀라 고개를 치켜든 그녀의 눈이 경악에 물들었다.

"다, 당신은?"

스위니 역시 육포를 막 입에 넣고 씹으려던 순간 난데없이 나타난 흑의 로브 사내를 보고 대경실색하고 말았다.

'카…… 카센 자작!'

시커먼 로브에 수놓아진 핏빛의 박쥐. 뾰족한 후드 아래 드러난 악마의 얼굴! 스위니의 안색이 창백하게 변했다.

'저 악마가 나타나다니!'

카센 자작은 그녀로서는 감당하기 힘든 강적. 더구나 지금은 체력이 고갈돼 검조차 휘두르기 힘든 상황이 아닌가. 가까스로 검을 뽑아 들고 아시엘의 앞에 섰지만 그녀의 안색은 지극히 어두웠다.

'아아!'

아시엘 역시 정신이 아득했다. 그야말로 최악의 상황이 었다.

'죽은 줄 알았는데, 어떻게?'

어제 그녀는 카센 자작이 소년에게 무참히 당하는 모습을 지켜봤다. 그런데 카센 자작이 이렇게 멀쩡히 나타난 것을 보면 그 소년이 당한 게 틀림없었다.

소년이 메고 있던 할버드를 카센 자작이 메고 있는 것이 그것을 증명했다. 소년을 죽이고 할버드를 빼앗은 것이리라.

츠으으!

후드 아래 짙은 음영! 그 사이로 번뜩이는 허연 안광!

아시엘과 스위니는 오금이 저려 감히 마주 보지 못했다.

이제 저 끔찍한 흡혈귀 마법사에게 무참히 당할 일만 남은 듯했다.

스윽.

그런데 카센 자작이 돌연 손바닥을 내밀었다. 그녀들은 움찔 놀라며 뒤로 물러났다. 그러자 카센 자작이 손바닥을 내민 채로 한 걸음 더 다가왔다. 손바닥 위에는 누런 금화 하나가 놓여 있었다.

'부족한가?'

물론 흑의 로브 사내는 카센 자작이 아닌 로이스였다. 방금 전 아시엘과 스위니가 먹을 것을 꺼내드는 것을 보고 호기심이 동했다.

생전 처음 보는 먹을거리였다. 육포에서 나는 고기 냄새도 제법 괜찮았지만 밤색의 비스킷에서 풍기는 구수한 향기가 왠지 로이스의 식욕을 자극했다.

'무척 맛있어 보여. 저건 사람들이 먹는 음식이 분명해.'

후드의 데블 페이스에 가려 보이지 않지만 로이스의 눈빛은 흡사 사냥감을 발견하기라도 한 듯 번뜩였다.

반드시 먹고야 말겠다는 단호한 의지.

그러나 남의 먹잇감을 가로채는 것은 로이스가 극도로 싫어하는 일이 아닌가. 그렇다고 포기하자니 속이 쓰렸다.

그러다 주머니 속의 금화가 떠올랐던 것이다.

로이스는 금화를 내면 당연히 그녀들이 먹을거리를 팔 것이라 생각했다. 그런데 그녀들은 겁먹은 표정으로 뒤로 물러날 뿐이었다. 흡사 괴물을 보듯 기겁하는 것에 로이스는 울컥 기분이 상했다.

'칫! 꽤나 비싼 건가 보네.'

로이스는 금화 하나를 더 꺼내 들고 싸늘하게 말했다.

"이 정도면 됐지?"

"가…… 가지세요."

아시엘과 스위니는 비로소 로이스가 원하는 것이 그녀들의 음식이라는 것을 깨닫고는 육포와 비스킷을 내주었다. 금화는 당연히 받지 않았다.

로이스가 내민 것은 2골드. 비스킷 하나는 대략 2쿠퍼에 해당했다.

100쿠퍼가 1실버, 100실버가 1골드인 것을 감안하면 2골드로 살 수 있는 비스킷은 무려 1만 개.

아무리 산속이라 해도 비스킷 두 개와 육포 하나 값으로 어찌 2골드씩이나 받을 수 있겠는가.

물론 로이스가 실제 비스킷 값에 해당하는 돈을 내밀었다 해도 그녀들이 받을 리 없었다. 로이스를 제국의 마법사, 그것도 악명 높기로 유명한 카센 자작으로 알고 있으니 말이다.

'이젠 끝이야.'

아시엘이 눈물을 글썽였다. 애써 침착함을 유지하던 스위니 역시 눈물을 참지 못했다.

'마지막 남은 식량을 빼앗아 가는 파렴치한 자 같으니.'

역시 피도 눈물도 없는 흡혈귀라는 말이 틀리지 않은 듯했다.

'먹다 목이나 막혀 콱 죽어 버려라!'

속으로 저주를 퍼부었지만 그것이 실현될 리는 만무했다. 저항조차 할 수 없는 엄청난 강적 앞에서 그녀들은 털썩 주저앉아 하염없이 눈물을 흘렸다.

우적! 쩝쩝!

로이스는 비스킷 하나를 단숨에 씹어 삼키고 그 달콤한 맛에 감동했다. 그러다 아시엘 등이 서럽게 우는 모습을 힐끗 쳐다보고는 당황하고 말았다.

'으음?'

왠지 그녀들의 먹을 것을 강제로 빼앗아먹는 듯한 꺼림칙한 느낌이 들었다. 로이스는 마저 남은 비스킷을 입에 가져가려다 갈등했다.

'도…… 돌려줄까?'

정말 맛있는 음식이다. 생각 같아서는 냉큼 먹고 싶은 마음이 절실했지만.

스윽.

결국 다시 그녀들에게 내밀었다. 그러나 그녀들은 훌쩍
대기만 하고 로이스와 눈도 마주치려 하지 않았다.

"받기 싫어?"

로이스는 고개를 갸웃하다 그냥 입속에 털어 넣었다. 먹
을 생각이 없는 듯하니 굳이 강요할 생각은 없었다.

'정말로 나를 싫어하는 게 분명해.'

그러면서도 마치 괴물 보듯 하며 눈도 마주치기 싫어하
는 그녀들의 행동에 기분이 약간 상했다. 로이스는 그녀들
을 한 번 노려본 다음 신형을 돌렸다.

"잭스 님! 아시엘 공주가 저기 있습니다!"

그때 잭스 일행이 나타났다.

"크흐흐! 찾았다. 이 앙큼한 것 같으니."

잭스는 스위니를 노려보며 이를 갈았다. 그는 스위니의
기습에 큰 부상을 입어 하마터면 왼팔을 잃을 뻔했다.

다행히 제국으로부터 성능이 뛰어난 포션을 지원받은 터
라 부상은 말끔히 치료된 상태다.

"가만두지 않겠다, 망할 계집!"

그러나 잭스는 그 앞에 시커먼 로브를 입은 사내를 발견
하고는 달려가지 못하고 눈을 부릅떴다.

'카셴 자작!'

검은 후드 아래 번뜩이는 두 줄기 섬광. 그것은 잭스 가 감히 마주 볼 수 있는 성질의 것이 아니었다. 잭스는 기겁 하며 눈을 내리깔았다.

"이…… 이곳에 계신 줄 몰랐습니다. 시끄럽게 해서 죄 송합니다."

로이스는 잭스 일행을 시큰둥하게 쳐다봤다. 모두들 자 신을 괴물 보듯 하고 있는 것이 그다지 기분 좋지 않았다. 그러나 어차피 그러한 시선은 몬스터들에게 항시 받아 왔 기에 익숙하기도 했다.

그러다 문득 잭스의 부하들이 제법 큼직해 보이는 배낭 을 짊어지고 있는 것을 발견했다. 그 안에서 나는 향긋한 냄새로 보아 꽤 맛있는 음식들이 많이 들어 있는 듯했다.

스윽!

로이스는 금화 하나를 빼 들었다.

"내게 먹을 것을 팔아라."

잭스는 황당한 표정을 지었지만 금세 무슨 뜻인지 눈치 를 챘다. 황급히 고개를 흔들었다.

"헤헷! 필요하신 게 있으시면 뭐든 말씀하시지요."

잭스는 배낭 하나를 통째로 내려놓았다. 이 기회에 카셴 자작에게 잘 보여야겠다는 생각을 한 것이다. 로이스가 살펴보니 그 안에는 마른 육포와 비스킷이 잔뜩 들어 있었다.

'우와! 굉장히 많구나.'

로이스의 입이 쩍 벌어졌지만 데블 페이스에 가려 보이지 않았다. 로이스는 잭스를 향해 금화를 내밀었다.

"좋아. 사지."

"금화는 안 주셔도 됩니다."

잭스가 어색하게 웃었다. 순간 울컥한 로이스가 잭스의 오른쪽 견갑을 움켜잡았다.

콰직!

어깨 위로 돌출된 플레이트 견갑이 종이처럼 뜯겨져 나갔다.

"허억!"

잭스의 안색이 하얗게 변했다.

'크윽! 이런 엄청난 괴력을!'

물론 그것이 순수한 손의 힘이란 생각은 하지 못했다. 마법사인 카센 자작이니 괴이한 마법을 펼쳤을 것이라 짐작할 뿐이었다.

"왜 안 받아? 그러다 나중에 또 찔찔 울면 가만 안 두겠어."

로이스는 싸늘히 외치고는 힐끗 시선을 돌려 아시엘과 스위니를 노려봤다.

"……!"

순간 그녀들이 움찔하며 울음을 멈췄다. 그녀들 역시 잭스의 플레이트 견갑이 마치 마른 나뭇잎처럼 바스러지는 것을 본 터였다. 그래서 터져 나오려는 울음을 애써 참으며 와들와들 떨었다.

"부족하면 더 줄 수도 있어."

"일…… 일 골드면 됩니다."

로이스가 금화 하나를 더 꺼내 들자 잭스는 사색이 된 채 급히 고개를 흔들었다. 그저 쳐다보기만 해도 다리가 후들거리는데 괴력을 보이며 협박까지 하니 기절할 지경이었다.

그는 재빨리 1골드를 받아 들고 허리를 꾸벅 숙였다.

그제야 로이스는 배낭을 주워 들었다. 무사히 값을 치렀으니 이제 이 배낭 속의 음식을 마음껏 먹어도 되는 것이다. 동시에 생전 처음으로 돈 거래를 해 본 것에 뿌듯한 기쁨을 느꼈다.

'후후, 역시 금화란 좋은 것이군.'

후드 속 로이스의 얼굴은 해맑게 웃고 있었지만 데블 페이스를 통해 드러난 모습은 피에 굶주린 악마의 미소였다.

'크헉! 허억!'

잭스는 몸서리쳤다. 돌연 카센 자작이 흡혈을 무척 좋아

한다는 소문이 생각났다.

'크으! 속히 이곳을 벗어나야 한다.'

아시엘과 스위니를 잡아가야 한다는 생각은 사라진 지 오래였다. 그녀들은 이미 사르곤 제국의 마법사 카센 자작에게 붙들렸으니 자신이 더 이상 관여할 필요가 없었다.

물론 그녀들을 직접 붙잡아 공을 세우고 싶었지만 여기서 욕심을 부리다간 저 사악한 흡혈귀의 먹잇감으로 전락하고 말 것이다.

"그럼 저희들은 이만……."

잭스 등은 어색한 표정으로 슬금슬금 뒷걸음질 치다 왔던 길로 사라졌다. 급박한 발걸음 소리가 멀어져 가는 것을 보니 혼신을 다해 달리고 있는 듯했다.

로이스는 잭스 등이 사라진 곳에 또 다른 배낭 하나가 떨어져 있는 것을 발견했다. 재빨리 달아나느라 무거운 배낭을 내팽개치고 간 것이다. 살펴보니 그 안에도 식량이 가득 들어 있었다.

"바보들이야. 먹을 것을 버리고 가다니."

향긋한 음식 냄새가 풍겨 오자 다시 배가 고팠다. 배낭을 뒤져 비스킷 십여 개를 꺼냈다.

"후후, 어디 한 번 먹어 볼까?"

로이스는 머리까지 뒤집어쓴 후드가 답답해 뒤로 넘긴

후 바닥에 털썩 주저앉았다.

와작! 와자작! 쩝쩝!

곧바로 손바닥만 한 비스킷 십여 개를 순식간에 먹어 치웠다. 이어서 육포도 서너 장 씹어 삼키자 제법 시장기가 가셨다.

그러다 힐끗 고개를 돌리니 아시엘과 스위니가 눈을 동그랗게 뜨고 쳐다보고 있었다.

'저 사람은?'

후드에 가려져 있다 시원하게 드러난 로이스의 얼굴을 본 그녀들은 혼란에 빠졌다. 후드 속 얼굴이 음침한 카센 자작이 아닌 어제 보았던 아름다운 소년의 것이라니.

'그렇군. 죽은 건 카센 자작이었어.'

아시엘은 비로소 이해가 된다는 듯 고개를 끄덕였다. 경황 중이라 미처 생각하지 못했을 뿐 카센 자작을 일방적으로 몰아붙일 만큼 강했던 소년이 되레 당했을 리가 없는 것이다.

"저……."

아시엘은 급히 일어섰다. 로이스에게 고맙다는 말을 해야 할 것 같아서였다. 그리고 보면 이틀 사이에 로이스에게 세 번이나 신세를 졌다.

포악한 몬스터 미노타우루스를 쫓아 보내 주었고, 공포

의 흡혈 마법사 카센 자작을 해치웠다. 그리고 오늘은 끈질기게 뒤쫓던 잭스 일행도 줄행랑을 치게 만들었다.

투욱!

게다가 이번에는 식량이 가득 들어 있는 배낭까지!

아시엘과 스위니는 그녀들의 앞에 내던져진 배낭을 보며 일순 말문이 막혔다. 고맙다는 말을 꺼내려는 순간 로이스가 인상을 쓰며 갑자기 배낭을 휙 집어던진 것이다.

그러다 불쑥 다가와 배낭을 뒤져 비스킷을 몽땅 꺼내 들었다. 그리고 갑자기 한숨을 내쉬더니 그중 반 정도를 배낭에 다시 집어넣었다.

무척 아깝다는 표정. 비스킷을 다시 집어넣는 그의 손이 약간 떨렸다.

"저기……."

아시엘이 뭐라 말을 하려하려는 순간 로이스가 퉁명스럽게 말했다.

"그 정도면 됐잖아."

"네?"

로이스는 한 손에 가득한 비스킷을 자신의 배낭에 집어넣으며 말했다.

"반 정도면 많이 양보한 거야. 더 이상은 울어도 소용없어."

"네…… 그렇군요. 반이면 충분해요."

아시엘은 머쓱하게 웃었다. 어렴풋이 로이스가 무슨 말을 하는지 알아들은 것이다. 뭔가 조금 억울하기도 했다. 단지 비스킷을 빼앗겼다고 운 것은 아니었는데.

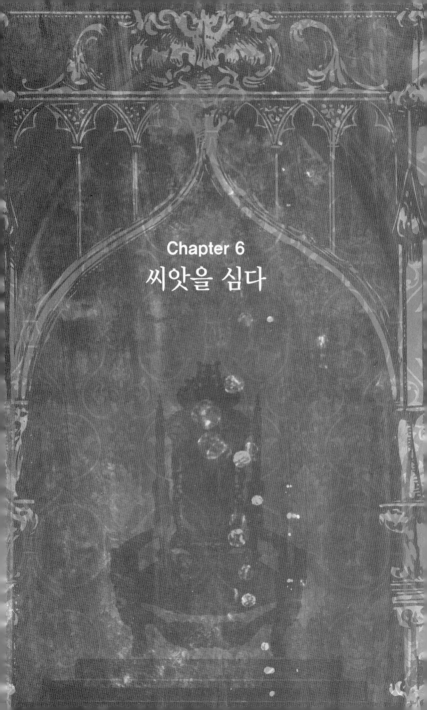

Chapter 6
씨앗을 심다

물끄러미.

그 사이 로이스는 아시엘의 입술을 쳐다보고 있었다. 다시금 만지고 싶어 하는 눈치. 곧바로 만지지는 못하고 힐끔 아시엘의 눈을 쳐다봤다.

"앗!"

만져도 될까, 하는 물음이 담긴 천진난만한 눈빛을 마주한 아시엘은 움찔 뒤로 물러났다.

"가…… 가까이 오지 말아요!"

세 번이나 살려 준 건 고마운 일이다. 하지만 그것과 몸을 만지는 것은 전혀 별개의 문제다. 로이스의 표정이 시무룩하게 변했다.

'뭐야! 먹을 걸 줘도 나를 싫어하는군.'

로이스는 힐끔 그녀를 한 번 노려본 후 북쪽으로 성큼성큼 걸어갔다. 더 이상 그녀를 신경 쓰지 않기로 했다.

'빨리 샤론 대륙에 가 씨앗이나 심어야겠어.'

그러고 보니 샤론 대륙의 국경을 상징한다는 보랏빛 구름바다가 북쪽 멀리 보였다.

'저기를 지나면 샤론 대륙이라 했지?'

구름바다를 보자 왠지 가슴이 두근거렸다.

타다다다—!

순식간에 북쪽으로 사라진 로이스.

마치 바람과 같은 속도로 달려가는 소년의 뒷모습을 아시엘은 멍하니 쳐다봤다. 그러다 그녀 역시 멀리 보이는 보라 운해를 발견했다.

'아아, 샤론 대륙이야!'

드디어 그토록 고대하던 샤론 대륙의 국경이 나타난 것이다. 눈물을 흘리며 감동에 젖어 있는 아시엘과는 달리 스위니는 배낭을 뒤적이며 신이 나 있었다.

"공주님! 이리 와 보세요. 먹을 게 무척 많아요."

로이스가 가져간 것은 비스킷뿐(그중 반만)이었다. 큼직한 배낭 속에는 마른 육포 뭉치와 와인, 건포도, 각종 양념

재료와 위급 시 사용할 자그마한 포션도 한 병 있었다.

"이 정도면 한 달은 충분히 버틸 수 있겠어요."

식량이 떨어져 걱정이 태산 같았던 스위니는 환하게 웃음 지었다. 아시엘도 미소 지었다.

*   *   *

체란산 북부의 끝자락.

뭉클거리는 자주색 구름들이 지평선을 이루었다. 저 신비한 구름 지대를 통과하면 미지의 대륙이라 불리는 샤론 대륙이 나타난다고 했다.

'특이하군. 구름이 국경을 이루고 있다니.'

흑색의 로브에 할버드와 배낭을 둘러멘 소년 로이스는 주저 없이 앞으로 돌진했다.

그런데 얼마나 달렸을까?

어느 순간부터 자줏빛 구름들이 보이지 않았다. 한참을 가도 바다처럼 끝없이 펼쳐져 있을 거라 생각했는데.

놀랍게도 뒤를 돌아보니 멀리 구름바다가 보였다. 마치 순식간에 아득한 공간을 통과해 온 듯한 이상한 느낌이었다.

'어떻게 된 거지?'

그러나 더 이상 그것에 신경 쓸 때가 아니었다. 기대했던 것과는 달리 눈앞에 펼쳐진 정경이 너무 초라했던 것이다.

'뭐야? 아무것도 없네.'

이전에 루비아나에게 듣기로 샤론 대륙은 매우 특이한 곳이라 했다.

무한의 대륙! 수많은 진귀한 보물들!

체란산이 있던 곳과는 비교할 수 없이 신비한 일이 많이 벌어진다고도 했다.

그래서 로이스는 내심 멋진 풍경이 펼쳐질 것이라 기대했는데 눈앞에 보이는 건 그저 누런 황무지였다.

이름 모를 잡초들만 드문드문 밭에 차였고 잎이 무성한 나무는 보기 힘들었다. 멀리 울퉁불퉁 치솟은 산들도 텅 비어 앙상한 머리를 드러내고 있었다.

휘이이잉!

체란산의 매서운 한풍보다 더욱 차가운 바람. 급기야 눈보라가 휘날렸고 사방이 하얀 눈으로 뒤덮였다.

'뭐 별로 대단해 보이지 않은데? 아무튼 가 보자.'

로이스는 눈을 맞으며 앞으로 걸었다. 눈은 잠시 후에 그쳤다.

회색 구름 사이로 시뻘건 태양이 얼굴을 내밀자 한여름과 같은 뙤약볕이 지면에 작렬했다.

눈은 금세 녹아 땅속으로 스며들었다. 조금 전까지만 해도 한겨울과 같은 차가운 날씨였는데 금세 이렇게 더워지다니.

거기서 끝이 아니었다. 시커먼 먹구름이 하늘을 뒤덮더니 비가 무더기로 쏟아졌다.

쏴아아아!

주위를 둘러봤으나 비를 피할 곳이 없어 로이스는 고스란히 비를 얻어맞아야 했다. 다행히 로브에는 방수 기능이 있는지 비에 젖지 않았다.

비는 오래지 않아 그쳤고 하늘은 금세 연푸른빛을 회복했다.

'정신이 없군.'

그 후로 한동안은 맑은 날씨에 선선한 바람이 불어 제법 견딜 만했다.

그러다 어느 순간 갑자기 뜨거운 바람이 몰아치거나 눈보라가 쏟아지는 등 날씨는 변덕스럽기 짝이 없었다.

'왜 이곳이 척박한 황무지로 변했는지 이해가 되네.'

로이스는 비스킷을 하나 꺼내 씹으며 계속 걸었다. 북쪽으로 계속 걸어가면 강이 하나 나온다고 했으니 그곳을 찾아야 했다. 어느덧 날이 어둑해졌다.

*　　　*　　　*

밤이 되자 황무지는 낮과는 전혀 다른 정경을 연출했다.

변덕스러운 날씨도 없었고 기온도 선선했다. 형형색색의 아름다운 별들이 하늘을 아름답게 수놓았고 투명한 달빛이 지면을 훤히 밝혀 주었다.

그때부터 괴이한 일들이 벌어지기 시작했다.

지면 위로 기괴하게 생긴 풀과 나무들이 불쑥불쑥 솟아오르는 것이 아닌가.

시퍼런 풀들이 뱀처럼 흐느적거리며 자라더니 사람만 한 꽃이 활짝 피어나 향기를 뿜어냈다.

마치 물고기 비늘 같은 것이 가득 박혀 있는 것처럼 반짝이는 풀들과 거대한 버섯 모양의 나무들이 나타났고, 꿈틀거리는 선인장에 박힌 시커먼 가시들의 끝에서는 반딧불 같은 빛들이 번쩍거렸다.

'우와!'

황무지를 빼곡히 메우며 속속 올라오는 각종 식물들을 보고 로이스는 감탄을 금치 못했다.

"쿠루루루!"

"키기기긱!"

그러나 그 후로 등장하는 것들은 더 이상 환상적인 것이 아니었다.

누런 눈을 번뜩이며 성큼성큼 다가오는 몬스터들.

사마귀처럼 생긴 그것들의 키는 대략 2로빗(2미터) 정도였다.

"쿠루루루!"

처음에는 서너 마리에 불과했던 사마귀 몬스터들의 숫자는 금방 불어났고 나중에는 거의 백여 마리에 육박했다.

그러나 로이스의 두 눈에서 푸른 안광이 번쩍하는 순간 기세등등하게 몰려들던 사마귀 몬스터들이 움찔 그 자리에 멈춰 섰다.

로이스는 사마귀 몬스터들이 있는 뒤쪽을 노려보며 비릿한 미소를 지었다. 그곳에는 다른 놈들보다 두 배는 큰 덩치를 가진 사마귀 몬스터가 있었다.

'저 녀석만 해치우면 되겠지.'

척 보니 이 사마귀처럼 생긴 놈들이 인근을 지배하고 있는 몬스터들인 듯했다. 그리고 저 덩치 큰 녀석이 두목인 것이다.

파앗!

로이스는 근처에 있는 버섯 모양의 나무 위로 뛰어 올라갔다. 잽싸게 풀과 나무들을 훌쩍훌쩍 타 넘으며 순식간에 녀석 앞에 도달했다.

"끼아아!"

녀석은 두목답게 로이스의 서슬 퍼런 기세에도 기죽지 않았다.

삭! 사악—!

녀석은 낫 모양의 팔을 사납게 휘두르며 덤벼들었다. 그러나 로이스는 이미 녀석의 안쪽으로 파고든 이후였다. 그리고 그것의 널찍한 가슴팍을 후려갈겼다.

파악! 꽈지직!

"꾸아악!"

가슴뼈가 부서졌고 누런 혈액이 쏟아져 내렸다. 녀석의 몸이 비틀거리는 순간 훌쩍 뛰어오른 로이스의 두 팔이 목을 어그러뜨렸다.

꽈자작!

4로빗이나 되는 거대한 몸체가 바닥으로 허물어졌다.

그 순간 환영처럼 나타난 글자들.

[당신은 더 이상 강해질 수 없습니다.]
[한계를 깨고 싶으면 샤론 대륙에서 미스토스의 계약을 하세요.]

목걸이를 찬 이후로 뭔가를 죽이거나 하면 이 글자들이

보였다. 지금도 두목 사마귀 몬스터를 해치워서 보이는 것이 분명했다.

샤론 대륙에 들어왔다. 그런데 미스토스의 계약을 어떻게 맺으라는 것일까?

'근데 꼭 미스토스의 계약이라는 걸 해야 되는 거야?'

로이스는 사실 자신보다 강한 존재가 있을 것이란 생각이 들지 않았다. 그래서 한계를 깨뜨려 더 강해질 필요가 있을까 의문이긴 했다.

다만 미스토스의 계약이 무엇인지 알고 싶을 뿐이다. 그것은 일종의 호기심이었다.

"끄으으으!"

"끄아아아!"

한편 두목 몬스터의 처참한 죽음 앞에 사마귀 몬스터들이 몸을 부르르 떨었다.

"봤지? 너희들도 덤비면 이 꼴이 된다!"

로이스는 두목 몬스터의 머리를 할버드에 꽂아 높이 치켜들었다. 겁에 질린 사마귀 몬스터들이 사방으로 흩어져 달아났다.

'귀찮은 싸움을 피하려면 당분간 이걸 이대로 들고 다녀야겠어.'

몬스터들의 세계에서는 말이 필요 없다. 월등하게 강한

힘을 보여 주면 되는 것이다.

그런 만큼 이곳에서는 할버드에 꽂혀 있는 사마귀 몬스터 두목의 머리야말로 힘의 상징이다. 적어도 그 두목보다 힘센 녀석이 아니면 감히 덤벼들지 못할 것이다.

팍!

로이스는 적당히 잠자기 좋은 장소를 발견한 후 할버드를 땅에 꽂았다.

그러고는 그대로 누워 잠이 들었다.

＊　　　＊　　　＊

예상대로 아침까지 푹 잠을 잘 수 있었다. 할버드에 꽂혀 있는 사마귀 몬스터 두목의 머리 때문에 근처로 벌레 한 마리도 모여들지 않았던 것이다.

"하암, 잘 잤다!"

해가 뜨자 사방은 다시 황무지로 변했다. 로이스는 북쪽을 향해 계속 걸었다. 종일 걸어도 강은 보이지 않았다.

날이 어두워졌고 개미처럼 생긴 몬스터들이 로이스를 습격했지만 로이스가 여왕개미 몬스터의 날개를 잡아 뜯자 모두들 달아나 버렸다.

그렇게 열흘 가까운 시간이 지날 무렵 로이스는 붉은 전

갈의 꼬리, 대왕 잠자리의 눈알, 자이언트 글로울프의 이빨 등 십여 개나 되는 두목 몬스터들의 신체 일부를 수집했다.

넝쿨로 그것들을 한데 묶어 할버드에 매단 후 지팡이처럼 짚고 다니자 그 뒤부터는 밤이 되어도 근처에 얼씬대는 몬스터들이 없었다.

그렇게 다시 열흘이 지나고 배낭 속 식량도 모두 떨어졌을 무렵 로이스는 그토록 바라던 큰 강이 있는 곳에 도착했다.

좌아아아—!

강 건너가 아득히 멀리 보이는 마치 바다처럼 넓은 강. 어디에서 시작되어 어디로 가는지 알 수 없지만 강은 힘차게 흐르고 있었다.

'강가에 씨앗을 심으라 했지?'

로이스는 엄마 루비아나의 말을 기억하고는 두루주머니 안에 들어 있는 하얀 씨앗을 꺼냈다. 바로 그 순간,

까아아악!

어디선가 괴조 한 마리가 나타나 로이스를 노려봤다

10로빗은 됨 직한 거대한 괴조.

로이스는 아직껏 그처럼 큰 새는 보지 못했다.

'보통 놈이 아니야.'

시뻘겋게 번뜩이는 괴조의 두 눈이 노리는 것은 다름 아닌 로이스가 들고 있는 하얀 씨앗.

괴조는 탐욕스러운 눈빛으로 씨앗을 쳐다봤지만 로이스가 퍼런 눈빛을 번뜩이자 쉽사리 덤벼들지 못하고 시끄럽게 울부짖었다.

까아아악!

괴조의 울음소리가 정신을 멍하게 했다. 로이스는 씨앗을 주먹 안에 꼭 쥐고 괴조를 노려봤다.

체란산의 그 어떤 몬스터도, 지난 이십여 일 동안 만났던 샤론 대륙의 그 어떤 몬스터도 이 눈앞의 괴조와는 비교조차 될 수 없었다.

팽팽한 긴장감!

전신의 근육이 팽창되었고 호흡이 거칠어졌다. 쉽게 이길 수 없는 강적이 나타났다.

그러나 놈이 노리는 것은 엄마 루비아나의 유품.

'절대로 빼앗길 수 없어.'

로이스와 괴조의 대치는 밤까지 계속 되었다. 괴조는 계속 씨앗을 노렸고 로이스는 섣불리 움직일 수 없었다.

밤이 지나고 새벽이 올 무렵 로이스는 어쩔 수 없이 결단을 내렸다.

'이대로는 안 돼. 놈을 해치워야 해.'

괴조의 기세로 보아 쉽게 물러갈 것 같지 않았다. 언제까지 멀뚱히 괴조만 쳐다보고 있을 수는 없는 일인 것이다.

그러나 그 또한 뜻대로 되지 않았다. 로이스가 작정을 하고 달려가면 괴조가 훌쩍 날아올라 하늘을 맴돌다 다른 편에 내려앉는 것이 아닌가. 마치 로이스의 마음을 읽고 있기라도 한 듯 괴조는 영악스럽기 그지없었다.

결국 로이스는 괴조를 무시하고 그냥 씨앗을 심기로 했다. 잽싸게 씨앗을 파묻은 뒤 괴조가 씨앗을 파먹으러 다가오면 그때 놈을 해치우면 될 것이다.

터억!

할버드 밑동으로 땅을 대충 후려쳐 홈을 만든 후 씨앗을 던져 넣었다.

슥삭!

발바닥으로 재빨리 흙을 밀어 홈을 메우고 괴조를 노려봤다. 아니나 다를까 그때까지 꿈쩍 않고 로이스를 견제만 하던 괴조가 갑자기 난리를 치며 달려들었다.

까아아아!

로이스는 할버드를 사정없이 휘둘러 괴조가 다가오지 못하게 했다.

까앙! 깡! 까강!

괴조의 날카로운 발톱과 할버드가 부딪치자 쇠로된 무기가 부딪치듯 날카로운 금속성이 일었다.

까아아악!

계속 방해에 부딪치자 괴조는 화가 난 듯 더욱 난폭해졌다. 돌연 하늘 높이 올랐다가 밑으로 내리꽂히듯 날아오며 부리를 들이밀었다.

쒸익!

부리를 피하면 발톱이 쇄도했고 발톱을 피하면 다시 부리가 날아들었다.

"으윽!"

그 와중에 로이스는 부상을 입고 말았다. 무식한 괴력을 가진 체란산의 지배자 라개드가 후려갈긴 주먹에도 꿈쩍 않던 피부가 괴조의 발톱이 스치자 쩍 갈라졌다.

양쪽 옆구리와 허벅지, 그리고 등이 피범벅으로 변했다.

물론 로이스 역시 그냥 당하고 있지는 않았다. 괴조가 로이스의 허벅지를 할퀼 때 재빨리 할버드를 휘둘러 괴조의 왼쪽 눈을 찍어 버렸다.

옆구리가 찢길 때는 오른쪽 날개를 잡아 뜯었고, 등에 상처를 입는 순간에는 괴조의 다리를 부러뜨렸다.

"끄윽! 끅! 끄으으!"

오른쪽 날개와 왼쪽 다리에 극심한 상처를 입은 괴조가

파닥거리며 몸부림쳤다. 로이스는 찢겨져 너덜거리는 로브 상의를 벗어던지고는 괴조를 사납게 노려봤다.

'지금 놈을 끝장내야 되는데……'

그러나 로이스 역시 가볍지 않은 상처를 입은 터라 쉽게 몸을 움직일 수 없었다. 괴조는 비틀거리며 어디론가 사라졌고 로이스는 바닥에 주저앉아 숨을 몰아쉬었다.

상처 난 곳이 무척 쓰리고 아팠다. 이렇게 찢기고 상처나 본 적이 얼마 만인지. 대략 하루 정도면 모두 저절로 아물겠지만 말이다.

'으윽! 피를 너무 많이 흘렸어.'

곳곳에 심각한 상처를 입었는데도 지혈을 하지 못한 채 괴조와 싸우다 보니 출혈이 심했다. 적지 않은 피가 쏟아져 나갔는지 온몸에 기운이 없고 어지러웠다. 결국 로이스는 바닥에 쓰러져 의식을 잃고 말았다.

＊　　　＊　　　＊

눈을 떴을 때는 화창한 햇살이 내리쬐는 아침. 로이스는 멀쩡해진 몸의 상태를 확인하고는 벌떡 일어났다.

하루 사이에 모든 상처가 치료된 것은 우연이 아니다.

오랫동안 마셔 왔던 유액의 효능.

어렸을 적 벼랑에서 떨어져도, 맹독이 있는 풀을 먹고 사경을 헤맬 때도 하룻밤만 자고 일어나면 금세 멀쩡해졌으니까.

"으응?"

주위를 둘러본 로이스는 어제 씨앗을 심었던 자리에 파릇파릇한 새싹이 올라와 있는 것을 발견했다. 놀랍게도 불과 하룻밤 사이에 손바닥만 한 크기로 자라 있었다.

불쑥.

그런데 그게 끝이 아니었다. 새싹이 꿈틀꿈틀 움직이더니 불쑥 자라는 것이었다. 조금씩 커지던 새싹은 금세 긴 줄기를 형성하며 치솟았다.

쑥! 쑥!

푸른 줄기들이 사람 키만큼 커졌을 때 하얀 꽃이 피어났다.

스윽.

나팔 모양의 하얀 꽃. 그 꽃이 고개를 돌려 로이스를 쳐다봤다.

"로이스 님이군요."

차분하면서도 조금은 들떠 있는 음성.

"넌 누구지?"

그러자 돌연 꽃보라가 몰아쳤다. 형형색색의 수많은 작

은 꽃송이들이 눈처럼 흩날렸다. 꽃이 떨어져 내린 곳에는 푸른 줄기와 꽃봉오리가 생겨났고 다시 꽃이 피어났다.

사방이 순식간에 아름다운 꽃밭으로 변했고 그 가운데 한 명의 여인이 서 있었다.

"전 꽃의 요정 릴리아나랍니다."

눈송이처럼 하얀 눈썹아래 수정처럼 빛나는 두 눈동자, 오똑한 코 아래 은빛으로 번쩍이는 입술.

백색의 다양한 꽃들이 가슴과 허리 아랫부분만을 교묘히 가리고 있었다.

"……!"

로이스는 놀랐다. 엄마 루비아나와 같은 꽃의 요정이 나타난 것이 반갑기도 했지만 그녀와는 전혀 다른 모습이라 뭔가 이질감도 느껴졌다.

릴리아나는 사뿐사뿐 걸어오더니 로이스의 바로 앞에서 멈췄다. 큼직하게 커진 두 눈과 엷게 미소 띤 입술.

"그럼 계약을 시작하겠어요, 로이스 님."

"계약이라니?"

로이스가 되묻자 릴리아나는 약간 당황하는 듯했다. 나직이 한숨을 내쉬고는 로이스를 쳐다봤다.

"모르고 계셨군요. 운명이 인도한 대로 이제 로이스 님은 저와 미스토스의 계약을 해야만 한답니다."

그 말에 로이스는 깜짝 놀랐다.

그렇지 않아도 미스토스의 계약이 뭔지 무척이나 궁금했는데, 릴리아나로부터 그에 대한 말이 나오니 놀라지 않을 수 없었다.

"미스토스의 계약? 대체 그게 뭐하는 거야?"

"저와 로이스 님이 하나가 되는 것이에요."

"하나가 된다고?"

"네, 그래야만 제가 로이스 님의 수호 요정이 될 수 있어요."

로이스는 수호라는 말을 듣자 왠지 기분이 나빴다.

"수호 요정이라면 네가 나를 보호해 준다는 거잖아?"

"물론 그렇죠."

"웃기는군. 난 누군가에게 보호를 받아야 할 만큼 약하지 않아."

"물론 로이스 님은 약하지 않아요. 하지만 샤론 대륙에는 로이스 님보다 훨씬 강한 존재들이 무척 많이 있어요."

로이스는 그 말을 듣자 더욱 기분이 나빴다. 샤론 대륙에 가면 조심해야 한다는 것은 엄마 루비아나에게 들어서 잘 알고 있었다.

하지만 강한 자들이 무척 많이 있다는 말은 인정할 수 없었다. 오래전 루비아나를 패배시켰다는 사피아스라면 몰라도 말이다.

물론 로이스는 자신이 사피아스도 충분히 이길 수 있다고 자신했다.

"그러니까 사피아스처럼 강한 자들이 샤론 대륙에 많이 있다는 거야?"

그러자 릴리아나가 흠칫 몸을 떨었다.

"지금 사피아스라고 말씀하셨나요?"

"응. 언젠가 그와 싸워 이겨야 하거든."

"사피아스는 꽃의 요정 중 최강의 존재예요. 지금 로이스 님의 힘으로는 어림도 없죠."

"뭐? 말도 안 되는 소리하지 마. 그따위 녀석쯤은 내가 충분히 이길 수 있어."

릴리아나는 고개를 흔들었다.

"아마 지금보다 열 배는 더 강해지셔도 쉽지 않을걸요?"

"열 배라고? 말도 안 돼!"

"사실이랍니다. 그런데 샤론 대륙에는 사피아스에 못지않거나 그보다 강한 자들도 적지 않아요. 그들에 비하면 로이스 님은 상당히 약한 편이죠."

로이스는 코웃음 쳤다. 릴리아나의 말대로라면 로이스는 이곳에서 쥐죽은 듯 조용히 살지 않으면 안 되는 것이다.

"그럼 넌 어느 정도나 되는데?"

"저의 능력에 대해서는 걱정하지 않으셔도 된답니다. 로이스 님을 충분히 지킬 수 있거든요."

그러자 로이스의 안색이 차갑게 굳었다.

"경고하는데 더 이상 내게 쓸데없는 말은 하지 않는 게 좋아. 네가 아무리 꽃의 요정이라 해도 봐주지 않을 거야."

주먹을 움켜쥐고 여차하면 손을 봐 주겠다는 듯 험악하게 노려보는 로이스를 보며 릴리아나는 당황한 기색이 역력했다.

"로이스 님! 잠깐만요. 대체 왜 그렇게 화가 나신 거죠?"

순간 로이스는 단호하게 말했다.

"난 약하지 않아! 따라서 누군가의 보호 따위는 필요 없어."

"아, 그것 때문에 화가 나신 건가요?"

"너야말로 보호가 필요하면 내게 말해. 내게 씨앗을 준 엄마를 생각해 얼마쯤은 너를 보호해 줄 수 있으니까."

"좋아요. 그러면 로이스 님이 저를 보호하는 걸로 하면 되겠군요. 이제 화가 풀리시나요?"

그제야 로이스는 조금은 누그러진 표정으로 고개를 끄덕였다.

"진작 그렇게 나왔어야지."

릴리아나가 미소 지었다.

"그럼 이제 저와 로이스 님이 하나가 되는 미스토스의 계약에 동의하시는 거죠?"

로이스는 시큰둥한 눈빛을 보냈다.

"그걸 꼭 할 필요가 있어?"

"물론이에요. 그래야 제가 로이스 님을…… 아니, 로이스 님이 저를 보호할 수 있어요. 무엇보다 로이스 님이 샤론 대륙에서 강해지기 위해서는 이 계약이 반드시 필요하답니다."

릴리아나는 로이스를 달래려는 듯 부드럽게 말을 이었다.

"로이스 님은 지금 상태에서 더 이상 강해질 수 없는 몸이에요. 미스토스의 계약을 통해 미스토스의 은총을 얻지 못하면 영원히 그 상태로 머물러야 하죠."

그 말에 로이스의 두 눈이 커졌다.

'더 이상 강해질 수 없다고?'

이건 목걸이가 알려 준 것과 동일했던 내용이다. 한계를 깨뜨리기 위해 미스토스의 계약을 하라고 했는데, 지금 릴리아나가 한 말도 그와 같았다.

"대체 내가 더 이상 강해질 수 없다니 그게 무슨 말이야?"

"로이스 님은 루비아나님의 유액을 통해 강해져 왔기 때문이에요. 그러나 이제 유액을 마시지 못하니 힘은 더 이상 늘어나지 않아요."

"으음……!"

로이스는 부인하지 않았다. 먹기 지겹긴 했지만 루비아나의 유액이야말로 로이스를 강하게 해 준 힘의 근원이었다. 유액을 먹지 못한 이후로 더 이상 힘이 늘어나지 않은 것도 사실이었다.

그러나 그 정도만으로도 체란산에서 로이스를 두렵게 하는 적수는 없었다. 전력의 힘을 드러낸 적은 한 번도 없었고 아주 약간의 힘만으로도 충분히 강했다.

샤론 대륙에 와서도 마찬가지였다. 밤마다 나타난 각양각색의 몬스터 두목을 해치우는 것도 로이스에겐 장난 같은 일이었을 뿐.

예외가 있다면 어제 만나 생사의 결투를 벌였던 정체불명의 괴조였다.

그 새는 로이스가 이제껏 만난 이들 중 최강의 상대였고 하마터면 죽을 뻔했다. 그동안 무적이라 자부했던 로이스에게는 큰 충격과 같은 일이었다.

그리고 또 하나 마음을 무겁게 하는 것이 있다면 엄마의 원수 사피아스와의 싸움이었다.

믿을 수 없지만 릴리아나는 그가 무려 열 배나 강하다고 했다. 그 말이 사실이라면 지금 상태로는 엄마의 원수를 갚을 수 없을 것이다.

그러던 참에 보다 더 강해질 수 있는 길이 있다니 귀가 솔깃하지 않을 수 없었다.

미스토스? 뭔가 복잡한 말이었지만 릴리아나의 눈빛을 보니 거짓말을 하는 것 같지는 않았다.

"미스토스의 계약을 하면 정말 지금보다 강해질 수 있다는 말이지?"

"물론이에요. 단, 그로 인해 한동안……."

관심을 보이는 로이스를 향해 릴리아나는 뭔가 부연 설명을 하려다 힐끗 눈치를 보며 고개를 흔들었다.

"아니에요."

"뭔가 속이는 건 아니겠지?"

"소, 속이다니요?"

흠칫 당황하며 어색한 미소를 짓는 릴리아나를 보며 로이스는 고개를 갸웃했다. 그러나 강해질 수 있다는 말에 이미 계약을 하기로 마음을 굳힌 터였다.

'하긴! 수틀리면 미스토스의 계약인지 뭔지는 그냥 없는 걸로 하면 되는 거잖아.'

로이스는 내심 음흉한 미소를 지으며 릴리아나를 쳐다봤다. 릴리아나는 로이스의 마음을 짐작한다는 듯 엷은 웃음을 지었다.

"그럼 이제 미스토스의 계약을 하겠어요, 로이스 님."

"마음대로 해."

로이스가 고개를 끄덕이자 릴리아나가 가까이 다가왔다. 그녀의 키는 로이스의 턱에 미치는 정도. 지척으로 다가온 그녀로부터 달콤하고 진한 꽃향기가 물씬 풍겼다.

"……!"

로이스는 갑자기 가슴에 느껴지는 부드러운 감촉에 놀랐다. 릴리아나가 그녀의 입술을 로이스의 가슴에 대었던 것이다.

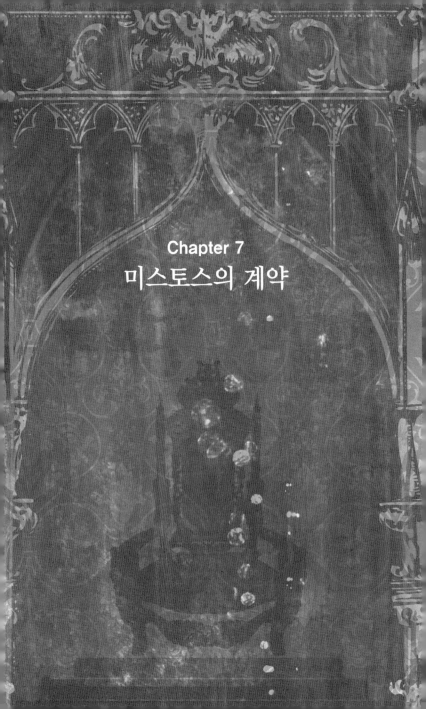

Chapter 7
미스토스의 계약

"무슨 짓이야?"

"다 끝났어요."

릴리아나는 한 발짝 뒤로 물러나 빙긋 웃었다. 로이스는
이상한 느낌에 고개를 숙여 자신의 가슴을 쳐다봤다.

로브 상의를 벗어던져 훤히 드러나 있는 그의 가슴팍에
눈부신 백색의 꽃 문신이 생겨나 있었다. 흡사 백금으로 조
각해 붙여 놓은 듯 햇빛을 받아 번쩍번쩍 빛이 났다.

스으으으.

그러나 꽃 문신은 곧바로 피부 속으로 스며들듯 사라져
버렸다.

그와 동시에 로이스의 몸에서 붉은 기운이 빠져나가 릴리아나의 오른손으로 스며들기 시작했다.

츠츠츠츠!

오른손을 앞으로 내뻗은 릴리아나의 하얀 손바닥이 피처럼 붉어졌다가 서서히 다시 백색으로 돌아갔다.

신기한 일이었지만 로이스는 그것을 볼 만큼 여유롭지 않았다. 갑자기 몸이 무척 무겁고 무기력해져 하마터면 주저앉을 뻔했던 것이다.

그러고 보니 아랫배가 허전했다. 그곳에서 무한한 샘처럼 용솟음치던 힘의 근원이 느껴지지 않았다.

'설마?'

조금 전 몸에서 빠져나갔던 붉은 기운이 바로 로이스가 가진 힘의 근원 즉, 유액의 기운이었던 것이다. 로이스는 펄쩍 뛰며 릴리아나를 노려봤다.

"너 대체 무슨 짓을……."

로이스는 말을 하다 털썩 주저앉았다.

힘이 하나도 없다.

'크윽! 이게 대체…….'

아득해져 가는 정신. 앞에서 물끄러미 자신을 내려다보는 릴리아나의 얼굴이 아련히 보였다.

"처음엔 좀 적응이 힘드실 수 있지만 곧 괜찮아질 거예요, 로이스 님."

"닥쳐! 두, 두고 봐!"

원독 어린 눈빛으로 릴리아나를 쏘아보던 로이스는 그대로 의식을 잃었다.

바로 그 순간 군주의 목걸이에서 환한 빛이 일어나며 새로운 글자들이 나타났으니.

　[당신은 꽃의 요정 릴리아나와 미스토스의 계약을 맺었습니다.]

　이름 [로이스]
　레벨 [1]
　칭호 없음
　신분 [미스토스 병사]

　맷집 100/100
　미흐 100/100

　[고유 능력]
　—미흐 마스터
　(마나의 근원적 기운인 미흐의 사용자)

—통언 마스터

(인간, 이종족, 몬스터와 언어 소통 자유)

—미스토스의 은총

(미스토스의 세계에서 빠른 성장이 가능)

[이제 당신의 한계는 사라졌습니다.]

[당신의 현재 레벨은 1.]

[당신의 신분은 미스토스 병사입니다.]

[앞으로 당신의 노력에 따라 레벨과 신분은 상승할 것입니다.]

*　　　*　　　*

'이곳은?'

로이스는 환한 햇살에 눈을 비비며 일어났다.

주변은 듣도 보도 못한 온갖 종류의 꽃들이 울긋불긋 피어 있었다. 그 빌어먹을 릴리아나의 꽃밭이 분명했다. 릴리아나의 모습은 보이지 않았다.

"어디 있어? 당장 나와!"

로이스는 사방을 훑어보며 버럭 소리쳤다.

"좋아! 안 나온다 이거지?"

로이스는 주변의 꽃들을 마구 꺾어 버렸다. 손에 잡히는 대로 한 번에 십여 포기씩 잡아 뿌리째 뽑아 집어던졌다.

꽃의 요정이니 꽃을 괴롭히면 나올 것이다. 예상대로 릴리아나가 나타났다.

"제발 그만두세요, 로이스 님."

"흥! 감히 나를 속여?"

로이스는 릴리아나를 보자마자 달려가 주먹을 휘둘렀다. 그러자 릴리아나는 로이스의 주먹을 아주 가볍게 피해 버렸다.

"어, 피해?"

릴리아나는 어깨를 으쓱하며 웃었다.

"호호, 그럼 가만 맞고 있을까요? 이래봬도 전 수호 요정이라고요. 그 정도 공격에 맞을 만큼 약하지 않아요."

울컥한 로이스가 몇 번 다시 공격했지만 릴리아나의 머리카락 하나도 건드리지 못했다.

"헉! 헉!"

하루 종일 달려도 지치지 않던 불가사의한 체력의 로이스였다. 그러나 불과 십여 차례 주먹을 휘둘렀을 뿐인데도 숨이 가빠 왔다.

'크윽! 이 꼴로는 멧돼지 한 마리도 잡지 못할 거야.'

약해져도 어느 정도가 있지 이렇게까지 약해질 줄은 몰

랐다. 로이스는 바닥에 주저앉아 릴리아나를 죽일 듯 노려 봤다.

"너 대체 내게 원하는 게 뭐야? 왜 나를 이렇게 약하게 만들었지?"

"일단 진정하세요, 로이스 님."

로이스의 이러한 반응을 예측했다는 듯 릴리아나의 음성 은 무척이나 차분했다.

그 후로도 로이스가 한참 동안 저주를 퍼부었으나 릴리 아나는 눈 하나 깜빡하지 않고 묵묵히 그것을 들었다. 그녀 의 침묵은 소리를 지르던 로이스가 지쳐 입을 다물 때까지 계속되었다.

"헉! 허억……!"

로이스가 숨을 몰아쉬며 말을 멈추자 릴리아나는 그제야 빙긋 웃으며 로이스를 쳐다봤다.

마치 아무 일도 없었다는 듯 무척이나 밝은 미소.

로이스는 가증스럽다는 듯 그녀를 노려봤지만 더 이상 아무 말도 하지 않았다.

얼마나 소리를 질러 댔는지 목이 탔다. 갈증을 풀어 줄 물을 찾아야 했다. 로이스가 주위를 둘러보자 릴리아나가 다 안다는 듯 푸른 나뭇잎으로 만든 자그만 상자를 조심스 레 내밀었다.

"이걸 드세요. 로이스 님."

나뭇잎 상자에서 달콤새콤한 냄새가 나는 것이 제법 맛있어 보이는 물이 들어 있는 듯했다. 그러나 차라리 목이 말라 죽는 한이 있어도 릴리아나가 주는 것을 받아먹고 싶지는 않았다.

"흥! 이따위 것 필요 없어!"

로이스는 나뭇잎 상자를 바닥에 내팽개쳤다. 던져진 나뭇잎 상자에서 하얀 액체가 쏟아져 나왔다. 릴리아나가 재빨리 그것을 주워들었지만 이미 반 이상 새어 나간 후였다.

"정말 너무하시는군요. 저의 첫 유액을 버리시다니."

순간 심통 맞은 표정으로 씩씩거리고 있던 로이스가 고개를 돌려 릴리아나를 쳐다봤다.

"유액…… 이라고?"

원망스레 로이스를 노려보는 릴리아나의 눈에 눈물이 맺혀 있었다. 그러고 보니 그리 낯설지 않은 냄새.

'유액이 분명해.'

조금 전에는 흥분해서 미처 몰랐지만 무려 십오 년 동안 유액을 마셔 왔던 로이스가 유액을 못 알아볼 리 없다. 루비아나의 유액과 비슷하면서도 조금은 새콤한 향기가 진하게 풍겼다.

"왜 그걸 내게 주는 거지?"

유액은 꽃의 요정이 가진 힘의 정화. 아무에게나 줄 수 있는 것이 아니다.

비록 어처구니없는 계약으로 힘을 상실해 화가 나 있었지만 자신의 생명과도 같은 유액을 넘겨주는 릴리아나의 의도가 궁금하지 않을 수 없었다.

"미스토스의 계약으로 인해 저의 유액은 오직 로이스 님만 마실 수 있어요. 꾸준히 이것을 마시면 로이스 님은 잃어버린 힘을 되찾을 뿐 아니라 이전과는 비교도 할 수 없을 만큼 엄청나게 강해지게 될 거예요."

시무룩한 안색이었지만 릴리아나는 또박또박 설명해 주었다. 잃어버린 힘을 되찾을 수 있다는 말에 로이스는 약간 누그러진 눈빛으로 그녀를 쳐다봤다.

"그럼 그냥 더 강해지면 되는 거지 굳이 힘을 없앤 이유는 뭐야?"

"그동안 미흐를 담고 있던 그릇을 깨뜨려야 했으니까요."

"미흐를 담고 있던 그릇이라고?"

"오래도록 유액을 통해 막대한 미흐를 흡수하셨지만 실제 로이스 님이 사용할 수 있는 것은 그중 극히 일부에 불과했죠."

아랫배에 용솟음치던 가공할 힘. 그것이 고작 작은 그릇에 불과했다니.

"그릇이 작아서 깨뜨렸다면 이제 그릇이 커진 거야?"

"커진 게 아니라 그릇이 사라진 거죠. 이제 로이스 님은 그릇이 필요 없어요. 로이스 님이 노력하는 만큼 끝없이 강해지실 거예요. 미흐의 힘뿐 아니라 미스토스의 은총이 더해질 거니까요."

로이스가 진지한 관심을 보이자 릴리아나의 시무룩했던 안색이 다시 밝아져 있었다.

"그릇은 아무리 커도 결국은 한계가 있거든요. 그러나 미스토스는 그 어떤 제약에도 얽매이지 않는 신비의 힘이죠."

"좋아. 대충 알겠어."

솔직히 아직 무슨 말인지 알지 못했지만 로이스는 일단 고개를 끄덕였다. 그러고는 불쑥 손을 내밀어 릴리아나의 손에 있는 나뭇잎 상자를 낚아챘다.

벌컥! 꿀꺽!

달콤하면서도 새콤한 꽃의 유액이 시원하게 목을 넘어갔다. 순식간에 다 마신 로이스는 아쉬운 눈빛으로 바닥에 스며든 유액을 쳐다봤다.

'괜히 버렸어.'

더 없냐는 듯한 눈초리로 릴리아나를 바라봤지만 릴리아

나는 코웃음 치며 고개를 흔들 뿐이었다.

*　　　*　　　*

꽃밭 중심에서 바깥쪽으로 오십여 걸음 정도 걸어가자 갑자기 꽃밭이 사라지고 전혀 다른 정경이 나타났다.

옆으로 세찬 물줄기가 흐르는 강이 보였다. 이곳은 어제 괴조와 싸웠던 강변 쪽이 아닌 그 건너편이었다. 로이스가 잠든 사이 릴리아나가 강을 건너온 것이다.

조금 전 걸어 나온 길을 돌아보니 뒤쪽에 커다란 꽃 한 송이가 피어 있었다.

푸른 줄기에 하얀 꽃. 릴리아나였다.

'저는 오직 로이스 님에게만 보인답니다. 주변을 돌며 열심히 수련을 하신 후에 저에게 돌아오세요. 오늘의 임무 잊지 마시고요. 한동안 이 근처에서 수련을 하다가 로이스 님의 능력이 충분히 오르면 다른 곳으로 이동할 거예요.'

꽃밭을 나서기 전 릴리아나가 해 준 말이었다. 로이스는 고개를 우측으로 돌려 빽빽하게 우거진 숲을 봤다.

'저 안에 몬스터들이 있다고 했는데.'

비교적 약한 몬스터들이 드문드문 출몰하는 숲이라 했다.

'어떤 녀석들이 있을까?'

로이스는 흑색의 로브를 입고 배낭을 등에 멨다. 괴조와의 싸움 중 찢어졌던 흑색 로브를 릴리아나가 말끔히 수선해 주었던 것이다. 할버드는 손에 들고 있었다.

빈 배낭은 릴리아나가 말해 준 약초와 몬스터의 어금니를 담아 가기 위해 가져온 것이었다.

거더드라는 약초 다섯 뿌리와 뾰족머리 갈색 늑대의 송곳니 네 개를 모아 오는 것이 오늘의 임무였다.

그것들을 모아 가면 앞으로의 전투에 유용한 것을 만들어 주겠다 했던 것이다.

'저쪽으로 가 볼까?'

로이스는 숲의 으슥해 보이는 곳으로 방향을 잡았다.

그때 운 좋게도 거더드 한 뿌리가 눈에 띄었다.

하나의 줄기에 네 개의 녹색 잎사귀가 사이좋게 나 있는 풀. 그 줄기 아래의 뿌리가 매우 유용한 약재로 사용된다고 했다.

"좋아. 이걸 캐야겠어."

팍! 파악!

삽이 없으니 할버드를 이용해야 했다.

먼저 주변의 흙을 파고 조심스레 뿌리를 들어내려 했지만 뿌리가 교묘히 꿈틀거리며 로이스의 손을 피했다. 심지어 파여진 흙을 다시 덮기도 했다.

"뭐 이런 게 다 있지? 약초 주제에 움직이다니!"

로이스는 오기가 발동했다. 자신이 아무리 약해졌다 해도 고작 약초 따위에게 무시당하다니 화가 나 견딜 수가 없었다.

생각 같아서는 할버드로 내리쳐 기절이라도 시키고 싶었지만 가급적 뿌리가 손상되지 않도록 가져가야 했기에 묵묵히 참았다.

파악! 팍!

다시 흙을 파고 뿌리를 잡았다. 뿌리가 손을 꼬집어 상처를 내기도 했지만 로이스는 포기하지 않고 실랑이를 벌였다. 그렇게 한 시간이 지났을 무렵이었다.

[미스토스의 은총이 당신의 노력에 대한 보상을 줍니다.]

[당신은 약초 채집 능력을 각성했습니다.]

[약초 채집 능력 1단계가 되었습니다.]

츠읏!

그와 함께 거더드 뿌리를 잡아채는 로이스의 손에서 연녹색의 빛이 번쩍였다.

그러자 그토록 완강히 저항하던 거더드의 뿌리가 벼락이라도 맞은 듯 굳어졌다.

쑥!

로이스가 뿌리를 뽑아 들었지만 더 이상의 저항은 없었다.

'이렇게 쉽다니. 대체 어떻게 된 거지?'

얼마 지나지 않아 로이스는 그것이 방금 전 각성했던 약초 채집 능력 때문임을 알 수 있었다.

그 이후로 거더드를 캐는 것이 매우 수월해졌던 것이다.

'그럼 저쪽에 있는 거더드도 캐 볼까?'

로이스는 멀찍이 또 하나의 거더드를 발견하고 다가갔다. 먼저 할버드로 땅을 파고 뿌리를 잡아채려 하자 녀석은 저항을 시작했다.

츠읏!

그러나 곧바로 로이스의 손에서 연녹색 빛이 번쩍였고 녀석은 잠잠해졌다. 로이스의 입가에 흐뭇한 미소가 피어났다.

'후후, 거더드 뿌리 두 개를 구했으니 이제 세 개가 남았어.'

이제 거더드 뿌리라면 얼마든지 뽑아갈 수 있을 듯했다.

'노력에 대한 보상이 이런 식으로 주어지다니 신기한

걸.'

이는 릴리아나와 미스토스의 계약을 했기 때문에 벌어진
일일 것이다.

'로이스 님은 이제 미흐의 힘뿐 아니라 미스토스의 은총
을 받아 더욱 강해지게 되지요. 로이스 님의 수고에 은총이
주어져 능력의 보상을 받게 될 거예요. 제 말이 무슨 뜻인
지 궁금하면 숲에 들어가 몬스터와 싸우기 전에 할버드를
한동안 휘둘러 보세요.'

릴리아나가 해 준 말이었다. 로이스는 아까는 그 말의 의
미를 잘 이해하지 못했지만 지금은 어렴풋이 짐작할 수 있
었다.

약초 뿌리와 실랑이를 벌이자 뿌리를 쉽게 뽑는 능력이
생겨난 것처럼, 할버드를 휘두르면 할버드를 좀 더 쉽게 다
룰 수 있는 능력이 생겨나지 않을까?

'어디 진짜 그런지 한번 시험해 보자.'

로이스는 널찍한 공터를 찾아 허공을 향해 할버드를 휘
둘렀다.

휘잉! 휘익!

할버드의 사용법을 따로 배운 적이 없기에 그냥 불쑥 찔

렸다가 좌우로 휘두르고 빙빙 돌려 보기도 했다. 무척이나 무거워 몇 번이고 할버드를 놓쳤지만 포기하지 않고 그것을 휘두르는 데 집중했다.

"……!"

대략 한 시간이 지났을까?

[미스토스의 은총이 당신의 노력에 대한 보상을 줍니다.]
[당신은 할버드 전술을 각성했습니다.]
[할버드 전술 1단계가 되었습니다.]

"훗, 정말이네!"

예상대로였다. 할버드가 약간 가벼워진 듯한 기분이 들었다. 동시에 할버드를 휘두르는 데 조금은 익숙해진 것 같은 괴이한 자신감이 생겨났다.

쉭! 쉬익!

좌우로 내리칠 때 제법 매서운 파공음도 났고 앞으로 찌를 때도 훨씬 쾌속한 동작이 나왔다. 그저 단순히 한 시간 연습한 것으로 얻을 수 있는 것 그 이상의 무언가가 있었다.

뭔가 신기하면서도 황당했다.

'이런 것이 바로 미스토스의 은총이라는 건가?'

쉬익! 쉭!

혹시나 싶어 다시 할버드를 휘둘러보았다. 그러면 좀 더 할버드를 다루는 능력이 높아질지 몰라서였다.

그러나 아까와는 달리 한 시간 이상 계속 휘둘러도 특별한 변화는 없었다.

"휴우……! 쉽지 않군."

로이스는 지쳐 바닥에 주저앉았다.

언제까지 할버드만 휘두르고 있을 수는 없는 일.

잠시 쉬었다가 거더드 뿌리를 마저 뽑고, 뾰족머리 갈색 늑대라는 녀석들과 전투를 벌이기로 했다.

"크르르르……!"

그러나 로이스는 얼마 쉬지 못하고 벌떡 일어서야 했다. 7핑거(70센티미터) 정도 길이의 자그마한 짐승 한 마리가 나타나 그를 노려보고 있었던 것이다.

'저 녀석은?'

뾰족한 머리에 갈색 머리털을 가진 늑대. 예상했던 것보다 덩치가 작았다.

릴리아나를 만나기 전 자이언트 글로울프라는 거대한 늑대 몬스터를 해치우기도 했던 로이스로서는 강아지만한 뾰족머리 갈색 늑대가 우습기 그지없었다.

"내가 저따위 자그만 짐승이랑 싸워야 하나."

왠지 비참한 기분이 들었다. 오크 대장 라개드가 이 꼴을 본다면 키득대며 놀려 댈 것이다.

"크르르르—! 크왕!"

로이스가 무시하듯 쳐다보자 늑대가 기분 나쁜 듯 훌쩍 뛰어올랐다. 그 속도가 무척 빨라 로이스는 깜짝 놀랐다.

"어헉!"

재빨리 옆으로 피했지만 늑대의 발톱이 왼팔을 스치고 지나갔다. 로브가 찢어지고 피가 튀었다.

"크와앙!"

늑대가 다시 덤벼들었다. 이번에는 단단히 작정을 한 듯 로이스의 목덜미를 노렸다.

"크르르르!"

로이스의 무릎을 딛고 훌쩍 뛰더니 입을 쩍 벌렸다. 작지만 누렇고 뾰족한 이빨들. 정말 목을 물리기라도 하면 최소한 중상이었다.

'훗! 감히!'

로이스는 싸늘히 웃었다. 비록 예전의 강력한 힘은 사라졌지만 체란산의 몬스터들과 뒹굴며 익혔던 싸움의 감각은 남아 있다.

따라서 그는 늑대가 어디를 노리는지 즉각 눈치챘고 잽

싸게 할버드를 돌려 늑대의 진로를 방해했다.

빠악!

"깨갱!"

할버드의 밑둥이 늑대의 복부를 스치듯 지나갔다. 빗나가듯 스쳤지만 작은 늑대에게는 제법 큰 충격이었는지 비명을 지르며 나가떨어졌다.

"크르르르!"

그러나 곧바로 일어나 사나운 눈으로 로이스를 노려봤다. 여전히 로이스를 잡아먹겠다는 강렬한 의지가 엿보였다. 그러한 늑대를 노려보는 로이스의 눈이 차갑게 빛났다.

'넌 이미 내게 졌어!'

짐짓 사나운 투기를 보내지만 녀석의 기세는 꺾였다. 뭐라 말로 설명할 수는 없지만 로이스는 본능적으로 그것을 알았다. 그 또한 오랜 싸움을 통해 터득한 감각이라 할 수 있었다.

"크앙!"

늑대가 다시 뛰어오른 순간 로이스가 기다렸다는 듯 할버드를 내찔렀다. 쉬익, 하는 파공음이 이는 순간.

파악!

할버드의 뾰족한 창극 부분이 작살처럼 늑대의 목을 꿰뚫었다.

'치잇! 또 있네.'

로이스는 할버드에 꽂힌 늑대를 땅바닥에 패대기친 후 발로 짓밟았다. 할버드의 창날을 빼내기 위해서였다.

서둘러야 했다. 늑대는 절명했지만 그사이 그것과 동일하게 생긴 녀석들이 세 마리나 나타나 있었던 것이다.

"후와앗!"

창날을 빼낸 로이스는 힘찬 함성을 지르며 늑대들을 노려봤다.

'숫자가 많으니 절대 얕보여서는 안 돼. 먼저 오른쪽 녀석부터!'

늑대들이 동시에 덤벼들면 막기가 곤란해지니 선제공격으로 빨리 하나를 해치워야 한다. 로이스는 다시 한 번 고함을 지른 후 오른쪽 늑대를 향해 돌진했다.

쒜액—!

반원을 그리며 내려친 할버드의 도끼날이 늑대의 머리에 적중했다.

콰직!

"깨엥!"

도끼가 늑대의 머리를 쪼개는 순간 나머지 두 마리 늑대들이 덤벼들었다.

"크앙! 크와아앙!"

잽싸게 몸을 비틀어 하나의 공격은 피했지만 나머지 한 마리에게 왼쪽 다리를 심하게 물리고 말았다.

"으윽!"

고통이 꽤 심했지만 로이스의 두 눈은 늑대들의 행적을 놓치지 않고 뒤쫓았다. 공격이 성공하면 곧바로 다시 덤벼들어 목숨을 끊어 놓는 것이 싸움의 법칙이기 때문이다.

아니나 다를까 늑대 하나가 로이스의 목을 향해 입을 벌리고 덤벼들었다.

"이얏!"

이미 대비하고 있던 로이스는 빙글 몸을 돌리며 할버드를 내리쳤다. 그런데 늑대는 매우 잽쌌다. 할버드가 빗나갔다.

"어디까지 피하나 보자."

로이스는 다시 할버드를 휘둘렀다.

휙! 휘잉!

사정없이 휘두르는 할버드의 공세에 늑대들은 섣불리 덤벼들지 못했다. 그것들은 계속 으르렁거리며 로이스를 노려봤다.

"크르르르!"

"내가 너희들 따위에게 질 것 같냐?"

로이스의 눈빛은 투지로 불탔고 그의 두 팔은 할버드를

끊임없이 휘둘렀다.

횡! 횡! 휘잉—!

그러던 어느 순간이었다.

[미스토스의 은총이 당신의 노력에 대한 보상을
줍니다.]

[당신의 할버드 다루는 능력이 상승했습니다.]

[할버드 전술 2단계가 되었습니다.]

쒸이잉—!

할버드를 휘두르는 느낌이 또 달랐다. 아까보다 파공음
이 좀 더 크게 들리는가 싶더니 늑대의 몸체를 그대로 동강
내고 지나갔다.

"꾸아악!"

늑대가 맥없이 널브러졌다.

휘리리릭—

그런데 거기서 끝이 아니었다. 로이스의 손이 저절로 움
직이며 할버드를 빙글빙글 회전시켰다.

쒸잉! 슝—! 파아악!

"케에엥!"

은밀히 오른쪽 다리를 노리고 달려들던 마지막 늑대가

할버드의 회전 반경에 들어와 반쪽이 나 버렸다.

"휴!"

처음 한 마리를 상대할 때보다 두 번째가 더욱 쉬웠다. 마지막 두 마리를 상대할 때 부상을 입은 것을 빼면 더욱 수월하게 처리한 것이다.

할버드를 다루는 능력이 늑대들과의 싸움 중에 또다시 상승한 덕분이었다.

로이스는 배낭을 뒤져 푸르스름한 액체가 들어 있는 자그마한 유리병을 꺼내 들었다.

'상처가 심할 땐 이걸 사용하라고 했지?'

배낭 속에 들어 있는 한 병의 포션을 릴리아나가 발견하고 그 용도를 알려 준 것이었다. 한 병뿐이니 신중하게 사용해야겠지만 늑대에게 물린 왼쪽 발목 부상이 걷기 힘들만큼 심했다.

콸콸콸!

로이스는 부상 부위에 포션을 몽땅 쏟아부었다.

그러자 즉시 출혈이 그쳤고 잠시 후 상처가 저절로 아물었다. 여전히 시큰거리는 통증은 남아 있지만 움직이는 데는 불편함이 없었다.

로이스는 늑대들의 송곳니를 뽑아 배낭에 집어넣었다.

릴리아나가 구해 오라 한 것은 4개뿐이었지만 8개를 모

조리 뽑아 챙겼다. 근처를 누비며 거더드 뿌리도 보이는 족
족 모두 뽑아 배낭에 집어넣었다.

'배낭이 거의 찼군.'

배낭 속에는 늑대 송곳니 8개와 거더드 뿌리 12개가 들
어 있었다. 필요한 것은 넘치도록 구했지만 릴리아나에게
돌아갈 생각은 없었다.

'늑대 녀석들과 좀 더 싸워야겠어.'

하찮은 늑대, 그것도 덩치가 작은 뾰족머리 갈색 늑대 따
위에게도 부상을 입을 정도로 자신이 약하다는 것이 로이
스는 무척 자존심 상했다. 그렇게 약하다는 것이 견딜 수
없을 만큼 싫었다.

'강해져야 해.'

이제 싸울수록 강해지는 것을 알았으니 망설일 필요가
없다.

'예전보다 더 강해지고 말 거야.'

로이스는 배낭을 등에 멘 후 할버드를 양손으로 꽉 움켜
쥐었다. 그러고는 늑대 무리를 찾아 숲의 좀 더 으슥한 곳
으로 들어갔다.

슥! 스스슥!

숲 속 깊이 들어가는 로이스의 표정은 신중했다.

아까는 무턱대고 걸었지만 지금은 최대한 발걸음 소리를

줄이고 은폐물을 이용하며 몸을 숨겼다. 이는 체란산의 밀림 속에서 자연스레 터득했던 것들이다.

눈짓 한 번으로 미노타우루스나 오우거 같은 덩치 큰 몬스터들을 공포에 질리게 만들었던 과거는 이제 잊어야 한다.

지금은 평범한 오크 하나를 상대할 때도 신중해야 할 것이다. 로이스는 그 사실을 너무 잘 알았다.

스윽!

차갑게 번뜩이는 로이스의 눈빛은 사냥감을 찾아 나서는 맹수와 다를 바 없었다.

더 이상 작은 늑대라고 무시해서는 안 된다. 상처를 입지 않으려면 늑대들이 눈치채기 전에 먼저 그것들을 발견한 후 선제공격을 가해야 한다.

'저기 있군!'

수풀 사이에 몸을 숨긴 로이스의 눈에 뾰족머리 갈색 늑대 한 마리가 어슬렁거리며 다가오는 모습이 보였다. 로이스는 조심스레 그것을 향해 접근했다.

"……크르!"

최대한 은밀히 접근하려 했지만 늑대는 수풀이 밟히며 나는 작은 소리를 듣고 단번에 로이스의 기척을 감지했다.

그러나 그 순간 로이스는 이미 늑대를 공격하기 좋은 위

치로 이동해 있었다. 큼직한 바위 위로 오른 로이스는 훌쩍
뛰며 할버드를 내리꽂았다.

퍼억!

정확히 한 방! 늑대는 미간을 꿰뚫려 절명했다.

부시럭—!

그때 뭔가의 기척을 느낀 로이스는 즉시 나무를 타고 올
라갔다. 이전처럼 가볍게 오르진 못했다. 거친 나무껍질에
팔목과 다리의 피부가 까지며 간신히 기어올랐을 무렵.

스슥!

조금 전 죽인 뾰족머리 갈색 늑대보다 두 배는 됨 직한
커다란 회색털 늑대 한 마리가 수풀을 헤치고 달려왔다.

"키야앙! 크르르릉!"

회색털 늑대는 로이스가 올라가 있는 나무 주위를 맴돌
며 쉼 없이 으르렁거렸다. 로이스가 노린 것이 바로 그것이
었다.

쉬익!

로이스는 기회를 틈타 밑으로 뛰어내리며 회색털 늑대의
등짝을 할버드로 찍어 버렸다.

"꿰엑!"

늑대는 척추가 부러져 절명했다.

'휴우!'

그 순간 로이스는 팔에 힘이 불끈 솟는 것을 느꼈다.

　　[미스토스의 은총이 당신의 노력에 대한 보상을
줍니다.]
　　[당신의 레벨이 올랐습니다.]
　　[전투력이 상승했습니다.]
　　[최대 맷집과 최대 미흐가 증가합니다.]

　　이름 [로이스]
　　레벨 [2]
　　칭호 없음
　　신분 [미스토스 병사]

　　맷집 200/200
　　미흐 200/200

　　할버드가 더욱 가벼워졌고 숲의 기척들이 좀 전보다 선
명히 느껴졌다. 로이스는 기분 좋게 숨을 내뱉으며 미소 지
었다.

Chapter 8
난 고기가 좋아!

땅거미가 짙게 깔리자 로이스는 숲에서 나왔다.

계속해서 늑대들과 싸우고 싶었지만 밤에 숲 속을 누비는 건 어리석은 일이었다. 야행성 몬스터들은 전투력이 급증하는 반면 사람은 시야가 제한되어 극히 불리해지기 때문이다.

어쩌면 불리함을 감수하고 싸우다 보면 밤의 전투력도 증가될지 모르지만 그것은 좀 더 강해진 이후에 생각해 볼 일.

'후후, 녀석 제법 토실토실하네.'

흐뭇하게 웃는 로이스의 손에는 자그마한 뾰족머리 갈색

늑대 한 마리가 들려 있었다. 고기를 먹은 지 무척 오래되었으니 모처럼 고기로 배를 채우고 싶어서였다.

숲을 빠져나와 강변에 이르니 하얀 꽃이 보였다. 그 사이 어둑해진 강변이었지만 마치 백색의 보석이 반짝이듯 그 꽃은 영롱한 빛을 뿜어냈다.

저벅.

꽃 주위에 이르자 공간이 일그러지며 꽃밭이 나타났다. 낮에는 못 보던 밤의 꽃들이 별빛 아래 자태를 드러내고 있었다. 릴리아나가 환하게 웃으며 로이스를 반겼다.

"무사히 돌아오셨군요, 로이스 님."

"응. 필요한 물건은 다 구했으니 확인해 봐."

로이스는 배낭과 함께 늑대를 툭 집어던졌다. 그리고는 푹신해 보이는 꽃들 사이에 털썩 드러누워 눈을 감았다. 릴리아나는 고개를 끄덕였다.

"고생하셨어요. 그런데 이 늑대는 뭐죠?"

머리가 박살 난 늑대 사체를 발견한 그녀는 미간을 살짝 찌푸렸다.

"아, 맞다!"

순간 로이스가 눈을 번쩍 뜨더니 불쑥 손을 내밀어 늑대 사체를 끌어당겼다.

물론 릴리아나를 힐끗 한 번 노려보는 것도 잊지 않았다.

먹잇감을 건드리지 말라는 무언의 경고였다. 릴리아나는 어이없는 표정을 지었다.

"설마 몬스터 고기를 드실 건 아니겠죠? 유액만으로는 부족하실까 봐 야채와 과일을 충분히 준비해 놨어요."

로이스는 코웃음 치며 말했다.

"유액은 물이야. 과일은 간식일 뿐이고. 사람은 고기를 먹고 살아야 해."

"유액만으로도 충분해요. 말 그대로 과일과 야채는 간식이지만요."

"닥쳐! 난 고기가 좋으니 채소나 과일 따위는 너나 실컷 먹지 그래?"

엄마 루비아나처럼 릴리아나 역시 로이스가 고기 먹는 것을 싫어하는 것이 분명했다.

그때는 어쩔 수 없이 몰래 숨어서 먹었지만 또다시 눈치를 보며 고기를 먹을 순 없는 일. 아무래도 강력하게 짚고 넘어가야 할 듯했다.

"고기 못 먹게 하면 미스토스의 계약 따위는 없던 걸로 할 거야."

"흥! 그건 이미 되돌릴 수 없다는 걸 모르시는군요."

릴리아나 역시 순순히 물러설 생각이 없는 듯했다. 로이스는 벌떡 일어나 릴리아나를 싸늘히 노려봤다. 잠깐 쉬었다 고기를 구워 먹을 생각이었지만 그 전에 할 일이 생겼다.

"안 되겠군. 보자 보자 하니까 내 말을 무시하는 경향이 있어."

"로, 로이스 님!"

로이스가 두 주먹을 움켜쥐고 전투 자세를 취하자 릴리아나는 움찔 한 발 뒤로 물러났다.

"설마 저를 때리시려는 건 아니죠?"

"못 때릴 건 없잖아."

그러나 로이스는 말과 달리 대뜸 주먹을 휘두르지는 않았다.

스스로 생각해 봐도 고기 좀 못 먹게 했다고 릴리아나를 막무가내로 공격하는 것은 좀 아니었다.

그렇다고 이대로 넘어갈 수는 없었다. 어떻게든 고기는 지켜야 하니까. 그래서 정식으로 제의를 했다.

"그럼 결투로 결정하는 게 어때? 이긴 사람 뜻대로 하기야."

"좋아요. 나중에 딴말하기 없어요."

의외로 릴리아나는 결투에 순순히 응했다. 로이스는 쾌재를 불렀다.

오늘 숲에서 늑대들과 싸우며 전투 능력이 상승했다.

아침에 비해 현저하게 증가한 힘과 속도! 로이스는 릴리아나 쯤은 가볍게 쓰러뜨릴 수 있으리라 확신했다.

"각오해. 좀 아플 거야."

로이스의 주먹은 바람을 가르며 쾌속하게 릴리아나의 복부로 파고들었다.

퍼억!

주먹에 묵직한 느낌이 오는 것을 보니 제대로 타격이 들어간 듯했다. 로이스는 회심의 미소를 지으며 릴리아나를 쳐다봤다.

그러나 릴리아나는 그대로 멀쩡히 서 있었다. 그녀는 먼저 자신의 복부에 닿아 있는 주먹을 스윽 내려다보더니 이내 고개를 들어 서늘한 눈빛으로 로이스를 쳐다봤다.

"이제 제 차례네요."

"그, 그게……."

릴리아나가 돌연 훌쩍 뛰어올랐다. 양팔로 로이스의 어깨를 껴안듯 붙드는가 싶더니 그녀의 오른 무릎이 로이스의 복부로 매섭게 파고들었다.

퍼억!

"크억!"

로이스의 허리가 꺾였다. 릴리아나는 뒤로 물러나 나직이 한숨을 내쉬었다.

"저도 이러고 싶지 않았는데요. 정식 결투였으니 저를 원망하지 마세요."

"제, 제길……!"

수호 요정이라더니 역시나 꽤 강했다.

가히 엄마 루비아나 못지않은 전투력!

꽃의 요정들은 다 이렇게 강한 것일까?

서서히 의식을 잃고 쓰러지는 로이스.

그 와중에도 힐끗 고개를 돌려 바닥에 널브러져 있는 늑대 사체를 쳐다봤다. 릴리아나가 그것을 내다 버리려는 듯 집어 들고 있었다.

'안 돼! 내 고기…….'

이럴 줄 알았으면 밖에서 구워 먹고 오는 거였다.

*　　　　*　　　　*

"헛헛! 뾰족머리 갈색 늑대의 고기는 그냥 줘도 안 가져 갑니다. 정히 파시겠다면 1가디 드리지요."

"송곳니는 2가디를 쳐주셨잖아요. 털가죽만 해도 1가디 는 충분히 넘을 것 같은데 너무하시네요."

"허어! 뾰족머리 갈색 늑대는 송곳니 빼고는 거의 쓸모 가 없어요. 1가디면 충분히 생각해 드리는 거라오."

"그럼……."

시끄러운 소리에 로이스는 잠에서 깨어났다. 자고 일어나니 피로가 풀려 온몸에 활력이 솟았다.

'여기는?'

말랑말랑하고 푹신한 잎사귀들로 만들어진 침대와 울긋불긋한 꽃 이불. 복부를 얻어맞고 쓰러진 로이스를 릴리아나가 이곳으로 옮겨 놓은 듯했다.

'저 이상하게 생긴 건 뭐지?'

릴리아나와 옥신각신 다투듯 흥정하고 있는 괴이한 몬스터. 사람만 한 키에 갈색 피부, 주름진 얼굴에 매부리코. 특이하게 네 개의 팔을 가지고 있었다.

"아, 로이스 님 깨어나셨군요?"

빙긋 웃으며 말을 건네는 릴리아나를 보며 로이스는 어이가 없었다. 아까는 사람을 때려 기절시켜 놓고 마치 아무런 일도 없는 듯 해맑게 웃고 있다니. 로이스는 퉁명스러운 눈빛으로 노려보며 물었다.

"이 괴상한 몬스터는 뭐야?"

"몬스터라니 실례예요, 로이스 님. 이분은 몬스터가 아니고 주름족의 상인이세요."

"주름?"

로이스가 고개를 갸웃하자 주름 상인이 고개를 끄덕이며

자신을 소개했다.

"허허, 저는 주릅 상인 노스느크라 하지요."

"상인?"

시큰둥한 눈빛으로 쳐다보던 로이스는 상인이라는 말에 눈을 반짝였다.

'상인이라면 돈을 받고 물건을 파는 사람이잖아?'

로이스는 급히 로브 상의의 안주머니를 뒤져 금화 주머니를 꺼냈다.

"그럼 음식도 팔겠군."

"물론이지요."

로이스가 제법 두둑해 보이는 돈주머니를 꺼내 보이자 주릅 상인 노스느크의 눈빛이 번뜩였다. 그러나 주머니에서 나온 누런 금화를 본 순간 안색을 딱딱하게 굳히며 고개를 가로저었다.

"허어! 그걸로는 거래를 하지 않습니다."

"왜? 이걸로 부족해?"

로이스는 거래를 할 수 없다는 말을 듣자 당황했다. 주머니의 금화를 모조리 쏟아 보였다. 노스느크는 실소를 흘렸다.

"허허, 32골드 40실버로군요. 하지만 그건 라키아 대륙에서나 쓸 수 있는 돈입니다. 이곳 샤론 대륙에서는 베카와 가디라는 돈만 사용이 가능하지요."

"베카와 가디?"

"그렇습니다."

노스느크는 더 이상 볼일이 없으면 가겠다는 듯 묵직한 보따리를 주워 들었다. 로이스는 금화로 아무것도 살 수 없다는 말을 듣자 시무룩한 표정으로 다시 물었다.

"그럼 베카와 가디라는 돈은 어떻게 구할 수 있는데?"

"허허, 방법은 무수히 많지요. 일일이 설명 드리자면 끝이 없습니다. 그건 여기 계신 릴리아나 님이 잘 알고 계실 것이니 저는 이만 가 보도록 하지요."

그 말을 끝으로 노스느크는 꽃밭을 나가 버렸다. 금화로 맛있는 먹을거리를 사려 했던 로이스는 실망을 금치 못했다.

"로이스 님, 이리 와 보세요."

그때 릴리아나가 로이스를 불렀다. 바닥에는 하얀 보자기가 펼쳐져 있었는데 그 위에 여러 가지 물건들이 보였다.

"그것들은 뭐야?"

"로이스 님이 가져온 뾰족머리 갈색 늑대의 송곳니들을 팔아서 산 물건들이에요. 송곳니 하나 당 2가디를 주는데 로이스 님이 열 개나 구해 오셔서 20가디를 받았거든요."

"20가디?"

로이스가 20가디가 얼마나 되는 돈인지, 알 턱이 없다. 어쨌건 송곳니가 돈이 된다는 것은 알았다.

"거더드 뿌리도 많이 구해 왔는데 그건 돈이 안 돼?"

"그것도 팔면 뿌리 하나당 1가디를 받을 수 있대요. 하지만 그걸로는 로이스 님이 사용하실 회복수를 만들어야 하니 팔아서는 안 되죠."

릴리아나는 붉은 액체가 담긴 작은 병들을 로이스에게 내밀었다.

어제 로이스가 사용한 포션과 비슷한 효능이 있다고 했다.

로이스가 잠든 사이 릴리아나는 거더드 열두 뿌리와 여러 꽃잎 재료를 배합해 거더드 회복수 12병을 만들어 놓았던 것이다.

"이 거더드 회복수는 사실 효능이 그리 좋진 않아요. 좀 더 성능 좋은 회복수를 만들려면 보다 좋은 약초가 있어야 하거든요."

그러나 이미 포션을 한 번 사용해 본 로이스는 그것의 소중함을 잘 알았기에 성큼 거더드 회복수들을 챙겨 배낭에 넣었다.

"그러니까 이걸 상처에 바르면 되는 거잖아."

"네. 상처가 심하면 여러 개를 사용해야 될 거예요."

로이스는 고개를 끄덕였다. 거더드 회복수 12병이 생기니 왠지 마음이 든든했다. 이 정도면 뾰족머리 갈색 늑대가 아닌 그보다 강한 회색털 늑대 무리와 붙어도 한 번 해볼 만할 것이다.

"참, 로이스 님을 위해 이걸 샀어요."

릴리아나는 하얀 보자기 위에 놓인 물건들 중 새끼손톱만 한 원형의 고리 하나를 들어 로이스의 오른쪽 귀에 달아 주었다. 특별히 귀에 구멍을 뚫은 것도 아니었는데 고리는 귀에 착 달라붙었고 그리 불편한 느낌도 없었다.

"이게 뭐야?"

"지혜의 귀고리의 일종이에요. 구리로 만든 것이고 가장 싼 하급에 속하지만 지금은 돈이 없어서 어쩔 수 없어요."

릴리아나는 이 지혜의 구리 귀고리를 사는 데 무려 10가디가 들었다고 했다. 그리고는 귀고리를 차고 있으면 숲에서 전투를 하거나 약초 채집을 할 때 도움을 받을 수 있다고 했다.

"귀고리가 뭘 알려 준다는 거야?"

"그건 이따 숲에 나가 보시면 저절로 알게 되실 거예요."

릴리아나는 보자기의 다른 물건을 들어 보였다. 한 장은 자그마한 두루마리였고 또 하나는 천 조각, 그리고 뭔가가 잔뜩 들어 있는 종이 봉지였다.

"이 천은 숲의 지도예요. 숲에 가서 이것을 보면 로이스 님이 대략 어떤 위치에 있는지 알게 될 거예요. 또한 각종 몬스터들이 주로 나타나는 장소도 대략 표시되어 있어요."

"지도가 있으면 편하겠군."

로이스가 지도를 받아 들자 릴리아나는 두루마리를 건네 주었다.

"이건 거울의 두루마리라고 하는데 펼쳐보는 사람의 현재 능력을 보여 주지요."

"능력을 볼 수 있다니 그건 또 무슨 말이야?"

"음, 그건 설명하려면 무척 복잡해요. 그냥 나중에 펼쳐 보시면 차차 알게 될 거예요. 사실 몰라도 별 상관은 없거든요. 그리고 이건……."

릴리아나는 마지막 하얀 종이 봉지를 풀어 헤쳤다. 로이스의 눈이 휘둥그레졌다.

"와앗!"

비스킷이었다. 로이스가 고기보다 훨씬 좋아하는 비스킷이 무려 열 개나 들어 있었다. 로이스의 안색이 환하게 변하자 릴리아나가 힐끗 눈치를 보며 조심스레 말했다.

"그러니까 아까 제가 때린 건 정말 죄송했어요. 물론 정식 결투이긴 했지만 로이스 님이 먼저 치지만 않으셨어도, 아니 그래도 제가 참았어야 했는데……."

릴리아나는 뭔가 애처로워 보이는 표정으로 말을 이었다.

"로이스 님~! 저 미워하지 않을 거죠?"

우적우적!

그러나 정신없이 비스킷을 씹어 먹고 있는 로이스에게 릴리아나의 말은 귀에 들어오지 않았다. 불쑥 고개를 돌려 릴리아나를 쳐다봤다.

"응? 뭐라고?"

"……아, 아니에요."

릴리아나는 어색하게 웃었다. 그러자 로이스가 돌연 씩 웃었다.

"정식 결투였고 내가 약해서 진 거잖아. 그런 걸로 널 미워하거나 하지 않을 테니 염려 마."

"아, 정말이세요?"

"응. 그보다 이 음식의 이름은 뭐야?"

"비스킷이요."

"비스킷? 딱 마음에 드는 걸."

그냥 맛있는 음식으로만 기억했는데 이름을 알고 나니 로이스는 왠지 흐뭇해졌다.

"열심히 수련하시면 비스킷은 항상 챙겨 드릴 거예요. 그러니까 고기 같은 것은 드시지 마세요, 알았죠?"

"알았어."

달콤한 비스킷의 맛에 넘어간 로이스는 서슴없이 고개를 끄덕였다. 비스킷만 있다면 고기 따위는 평생 안 먹어도 상관없을 듯했으니까.

"아이, 착해라. 항상 이렇게 말을 잘 들으면 얼마나 좋을까요?"

릴리아나는 로이스의 입가에 묻은 비스킷 가루를 털어주며 환하게 웃었다. 아이 취급받는 것을 싫어하는 로이스였지만 그 순간은 가만있었다.

스윽.

릴리아나는 고분고분해진 로이스가 귀여워 견딜 수 없다는 듯 머리를 쓰다듬었다.

'으음!'

로이스의 눈썹이 꿈틀 움직였다. 감히 머리를 쓰다듬다니. 하지만 이상하게 그리 기분이 나쁘지는 않았다. 마치 예전에 엄마 루비아나가 쓰다듬어 주던 그 다정한 손길 같은 느낌이랄까?

꾸벅.

졸음이 몰려왔다. 눈을 감고 꾸벅거리다 보니 릴리아나의 품에 기대 있었다. 따뜻하고 푸근한 느낌. 왠지 아이 취급을 받는 게 조금 기분 나쁘긴 했지만 오늘은 그냥 이대로 잠들기로 했다.

쿠울!

얌전히 품에 기대 잠들어 있는 로이스를 보는 릴리아나
의 얼굴에는 득의의 미소가 잔뜩 어려 있었다.

'호호호! 드디어 로이스 님을 착한 아이로 만드는 방법
을 알아냈어.'

*　　　*　　　*

미스토스의 은총에 힘입어 거울의 두루마리가 당신의 상
태를 비춰 봅니다.

　—상태
　이름 [로이스]
　레벨 [2]
　칭호 없음
　신분 [미스토스 병사]

　맷집 200/200
　미호 200/200

[전투 능력]
* 할버드 전술 2단계

[보조 능력]
* 약초 채집 1단계

[고유 능력]
* 미흐 마스터
—마나의 근원적 기운인 미흐의 사용자
* 통언 마스터
—인간, 이종족, 몬스터와 언어소통 자유
* 미스토스의 은총
—미스토스의 세계에서 빠른 성장 가능

[장비 특수 능력]
* 데블 페이스
—적에게 공포를 준다.
—카센의 로브 후드 착용 시 발동

[장착 장비 목록]
카센의 로브(영웅)

할버드(일반)

지혜의 구리 귀고리(일반)

군주의 목걸이(신화)

[소지품 목록]

소지금 없음

거더드 회복수 12병

오보츠 숲의 지도 1장

거울의 두루마리 1장

비스킷 2개

"이게 대체 뭔 말들이야?"

로이스는 고개를 갸웃했다. 본격적으로 숲에 들어가 수련을 시작하기 전 릴리아나가 준 거울의 두루마리를 펼쳐보았다. 그러자 두루마리에 위와 같은 글자들이 나타난 것이다.

할버드와 약초 채집과 관련된 능력들이 생긴 것은 이미 군주의 목걸이가 보여 주는 글자들을 통해 알고 있었지만.

장비에서 영웅이 어쩌고 일반이 어쩌고 하는 것들은 도통 무슨 말인지 이해가 되지 않았다.

어쨌건 릴리아나가 몰라도 별 상관은 없다고 했으니 더

이상 신경 쓰지 않기로 했다. 두루마리를 말아 배낭에 집어 넣었다.

로이스에게 중요한 것은 몬스터와 싸우면 강해진다는 것뿐. 그거 하나만 충분했다. 복잡한 것은 신경 쓰고 싶지 않았다.

굳이 한 가지 더 있다면 상처를 치료할 수 있는 회복수가 무려 12병이나 있다는 것이다. 왠지 든든했다.

"좋아. 오늘은 좀 센 녀석들이랑 붙어 봐야겠어."

로이스는 배낭 속에서 지도를 꺼내 들었다.

지도를 알아보는 것은 어렵지 않았다. 정교한 숲 모양의 지도에 로이스의 위치는 붉은 점으로 표시되어 있었고 곳곳에 몬스터들의 그림이 자그맣게 그려져 있었다.

숲의 입구에서 가장 가까운 곳에 뾰족머리 갈색 늑대들이 그려져 있었고, 그 안쪽에는 회색털 늑대의 그림이 보였다.

"여기까지는 어제 가 본 곳이군."

로이스는 지도를 좀 더 살폈다. 아쉽게도 지도에는 거더드와 같은 약초들의 위치는 표시되어 있지 않았다. 다행히 몬스터들의 위치는 몇 가지 더 있었다.

숲의 동쪽에는 은빛 털 여우, 북쪽에는 줄무늬 비단뱀, 그리고 서쪽에는 검은 멧돼지의 그림이 그려져 있었다.

"멧돼지도 있네?"

로이스는 검은 멧돼지의 그림을 발견하고 반색했다. 뾰족머리 갈색 늑대와 회색털 늑대들을 해치운 후 오늘은 검은 멧돼지가 있는 숲의 서쪽까지 가 보기로 했다.

"멧돼지를 잡으면 즉석에서 구워 먹는 게 좋겠어."

릴리아나에게 가져가 봤자 빼앗길 것이 분명했다. 아직은 릴리아나를 이길 수 없으니 어쩔 수 없는 일이다. 문득 어제 릴리아나의 무릎에 복부를 얻어맞고 기절한 일이 떠오르자 울컥 화가 치밀었다.

'흥! 두고 봐, 릴리아나.'

그 생각을 하니 고기를 먹고 싶은 생각이 사라졌다. 그 시간에 한 마리라도 더 몬스터를 죽여서 강해져야 하리라. 로이스는 지도를 배낭에 집어넣고 할버드를 풀어 들었다.

사실 한동안은 등에 메고 다니기도 귀찮기만 했던 할버드였다. 그러나 지금은 이것을 준 라개드가 무척 고마웠다. 만일 이 무기가 없었다면 맨손으로 몬스터를 상대해야 했을 것이다.

크릉!

숲으로 들어가자 뾰족머리 갈색 늑대 두 마리가 나타나 달려들었다.

쒸익!

훌쩍 도약해 오른 뾰족머리 갈색 늑대 한 마리가 재빨리 휘두른 할버드의 도끼날에 맞아 동강이 났다.

나머지 한 마리의 공격은 창대를 빙글 돌려 막아 낸 후 창끝으로 등짝을 꿰뚫었다. 이번엔 두 마리를 가볍게 해치우고도 아무런 부상도 입지 않았다.

"후후, 간단하군."

로이스는 뿌듯한 미소를 짓고는 재빨리 송곳니 4개를 뽑아 배낭에 집어넣은 후 안쪽으로 달렸다.

계속해서 회색털 늑대가 나타나는 곳까지 뾰족머리 갈색 늑대 다섯 마리를 해치웠고 송곳니 10개를 확보했다.

그리고 잠시 달렸을까? 다시 뭔가가 바스락거리며 달려왔다.

"크르릉!"

이번에는 대형 회색털 늑대였다. 뾰족머리 갈색 늑대에 비해 덩치는 컸지만 움직이는 속도가 약간 떨어졌기에 상대하기 어렵지 않았다.

'왼쪽이군!'

늑대가 슬쩍 앞다리를 한 번 구부려 힘을 모은 다음 왼쪽으로 도약해 오는 모든 동작이 눈앞에 천천히 펼쳐졌다. 뒤늦게 보았지만 할버드를 휘돌려 앞을 막을 시간은 충분했다.

터엉!

회전하는 할버드의 창대가 늑대의 입을 퉁겨 냈고, 창대의 밑동이 몸체를 후려갈겼다.

"깨앵!"

비명을 내지르며 날아가는 늑대의 모습이 눈앞에 다시 천천히 펼쳐졌다.

이때 재빨리 공격하면 늑대가 떨어지기 전 연격이 가능할 것이다. 로이스는 지체 없이 뒤따르며 할버드를 휘둘렀다.

좌악!

"깨갱!"

할버드의 길쭉한 도끼날이 시퍼런 포물선을 그리는 순간 늑대는 두 동강이 나 바닥으로 널브러졌다.

회색털 늑대의 공격을 할버드의 창대로 막으며 쳐 내고 연이어 도끼날로 베어 버리는 것이 순식간에 이루어진 것이다.

((축하드려요.))

((당신의 할버드 다루는 능력이 상승했어요.))

((이로써 할버드 전술 3단계가 되었어요.))

로이스는 깜짝 놀라 주위를 두리번거렸다. 당연히 주위에 누군가 있을 리 없었다.

'이 귀고리에서 난 소리일까?'

본래라면 군주의 목걸이가 보여 주는 글자가 나타나야 정상인데, 그 대신 알 수 없는 여자의 음성이 들려왔던 것이다.

릴리아나가 지혜의 구리 귀고리라 말하며 귀에 붙여 준 투박한 원형의 고리. 혹시 또 뭔 소리가 들리나 싶어 고리를 잡고 흔들어 봤지만 더 이상은 반응이 없었다.

어쨌든 할버드의 능력이 상승했다니 다행이긴 했다. 확실히 할버드가 뭔가 더 친숙해진 느낌이었다.

"처음엔 별로였는데 갈수록 마음에 드는 무기야."

송곳처럼 기다란 창날은 찌르는데 적합하고 날카로운 초승달 모양의 도끼날은 휘둘러 베기에 좋고, 도끼날 뒤쪽의 뾰족한 부리는 상대를 찍어 버리기에 적당했다.

할버드 전술의 단계가 상승해서인지 그동안은 그저 본능적으로 휘둘렀던 각 부위의 장점이 머릿속에 명확히 들어왔다.

츠읏!

거기서 끝이 아니었다.

((와아! 축하드려요!))

((다수의 늑대를 물리친 당신에게 미스토스의 은총이 특별한 보상을 주었어요.))

특별한 보상이라고? 그게 뭘까?

스스스스.

그런데 그때 난데없이 눈앞에 투명한 그림자와 같은 것이 나타나 로이스를 향해 창을 휘두르기 시작했다.

자세히 보니 그 창은 할버드였다.

쒸잉! 쉬쉭—!

"이, 이런! 넌 누구냐?"

깜짝 놀라 피하려 했지만 이미 늦었다. 그런데 할버드는 로이스를 스치고 그냥 지나갔다.

"뭐야? 그림자잖아?"

쒸잉! 쉬쉭!

그림자 인간은 연속해서 같은 동작으로 할버드를 휘둘렀다. 그 동작이 눈에 익었을 무렵 그림자 인간이 로이스의 몸을 파고들었다.

"……!"

온몸을 관통하는 짜릿한 충격!

로이스는 무의식중에 할버드를 휘두르기 시작했다.

쒸잉!

머리 위쪽에서 크게 한 번 휘돌린 후 크게 앞으로 내찌르는 동작.

쉬쉬익—!

놀랍게도 그것은 그림자 인간이 펼쳤던 것과 동일했다. 아랫배 부근에서 약간의 힘이 할버드를 통해 빠져나간다 싶은 순간.

할버드의 창끝 부분에 시퍼런 빛이 번쩍였다. 그 빛은 창끝을 통해 화살처럼 앞으로 뻗어 나갔다.

콰직!

빛에 적중당한 아름드리나무에 주먹만 한 홈이 패였다.

놀랍게도 할버드로 직접 내찌른 것 못지않은 정도의 타격이었다. 그것이 창끝에서 공간을 격해 발출된 것이다.

((할버드의 공격 기술인 울프 슬래시를 배우셨어요.))

((앞으로 이 기술의 이름을 외치면 기술이 저절로 펼쳐진답니다.))

로이스는 어리둥절했다.

'울프 슬래시?'

아무래도 방금 전 몸에 익힌 기술을 말하는 듯했다. 순간 군주의 목걸이가 빛을 발하며 방금 귀고리가 말한 내용을 글자로 보여 주었다.

* 울프 슬래시(1단계)

―할버드의 공격 기술

―시전 거리 : 20로빗(20미터)

―늑대 정도는 일격에 해치울 수 있는 위력이 있음

―소모 미흐 : 10

―시전 방법 : 할버드를 적에게 겨눈 채 '울프 슬래시'라고 외친다.

"그냥 외치기만 하면 저절로 펼쳐진다고?"

정말로 그럴 수도 있는 건가? 왠지 믿기지 않았다.

그래도 혹시나 싶어 한 번 할버드를 들고 크게 외쳐 보았다.

"울프 슬래시!"

번쩍! 파앗―!

순간 할버드의 창극이 푸르게 물들더니 퍼런빛이 전방으로 쏟아져 나가 멀리 있는 나뭇가지 하나를 잘라 버렸다.

"하하하, 정말 되네!"

로이스는 환호했다. 이제 언제든 마음만 먹으면 원거리에 위치한 적을 공격할 수 있게 된 것이다.

"좋아. 그럼 좀 더 깊이 들어가 볼까?"

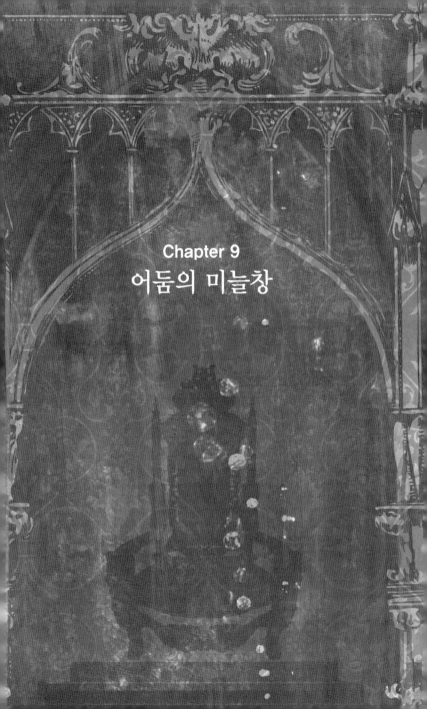

Chapter 9
어둠의 미늘창

　회색털 늑대까지 해치웠는데 아직까지 부상 하나 당하지 않았다. 거더드 회복수도 12병이 그대로 있다.

　게다가 할버드의 공격 기술까지 배웠으니 좀 더 강한 적을 만나도 충분히 승산이 있을 것이다.

　간혹 보이는 거더드 뿌리는 냉큼 뽑아 배낭 속에 집어넣었다. 그리고 숲의 서쪽으로 계속 이동했다.

　잠시 후 구릉 위에 올라 아래를 내려다보니 멀리 시커먼 멧돼지 한 마리가 노닥거리는 모습이 보였다. 첫 번째 사냥감을 발견한 로이스의 입가에 미소가 맺혔다.

　"후후, 녀석! 맛있게 생겼군."

멧돼지 고기를 먹을 생각하니 절로 침이 고였다.

그때 구릉 바로 아래 시커먼 동굴 하나가 눈에 띄었다.

'어라? 저건 동굴이잖아. 저 안에는 어떤 몬스터가 있지?'

배낭에서 지도를 꺼내 살펴봤지만 동굴의 위치는 표시되어 있지 않았다.

지도에도 없는 동굴이라니. 로이스는 호기심이 들었다.

'왠지 강한 녀석이 있을 것 같은데?'

예전 같으면 생각해 볼 필요도 없이 동굴 안으로 돌진했을 것이다.

그러나 지금은 그때와는 다르다. 어떤 험악한 몬스터가 있는지도 모르는데 함부로 들어갔다가 무슨 봉변을 당할지 장담할 수 없는 것이다.

'다음에 들어가 볼까?'

하지만 왠지 이대로 물러나자니 자존심이 상했다. 로이스는 잠시 망설이다 동굴 입구로 내려갔다.

동굴 안으로 들어갈수록 싸늘한 한기가 느껴졌다.

팽팽한 긴장감에 로이스는 양손으로 할버드를 꽉 쥐어 잡았다.

울프 슬래시!

적이 나타나면 무조건 그 기술부터 펼칠 생각이었다.

거리를 격하여 먼저 타격을 입힌 후 곧바로 직접 할버드를 휘둘러 공격을 가하는 것이다.

"키익!"

잠시 후 어둑한 곳에서 뭔가가 불쑥 나타나 덤벼들었다.

로이스는 기다렸다는 듯 기술을 펼쳤다.

"울프 슬래시!"

순간 할버드의 창극에 시퍼런 빛이 일어났다.

번쩍! 파앗—!

"끄악!"

비명 소리와 함께 검은 형체가 뒤로 움찔하며 물러났다.

"받아랏!"

로이스는 이때다 싶어 할버드를 세차게 휘둘렀다.

콰앙!

할버드의 도끼날이 뭔가에 적중했다. 묵직한 타격감이 양손을 타고 밀려와 온몸을 저릿저릿하게 했다.

'죽었나?'

승리를 확신하고 앞으로 다가갔지만 할버드의 도끼날은 동굴의 암벽에 박혀 있었다.

"앗, 이런!"

그 순간 어둠 속에서 누런빛이 번뜩였다. 곧바로 날카로운 송곳과 같은 것이 로이스의 오른쪽 어깨를 관통하고 지나갔다.

"으윽!"

아찔한 고통과 함께 할버드를 놓칠 뻔했다. 오른팔은 이미 힘을 잃은 터라 왼손으로 간신히 할버드를 쥐고 섰다.

푸욱—!

그때 또다시 뾰족한 뭔가가 왼쪽 어깨를 관통했다. 할버드가 바닥으로 맥없이 떨어져 내렸다.

"으! 젠장!"

엄청나게 빠른 속도였다. 곧바로 시커먼 형체가 로이스의 목덜미를 덮쳤다.

"꺼져!"

양쪽 어깨의 부상으로 팔을 쓰지 못하는 로이스는 어쩔 수 없이 그것을 향해 발길질을 날렸다.

퍽—!

"끼아악!"

그것은 비명을 지르며 살짝 뒤로 물러났다. 그 틈에 로이스는 재빨리 뒤쪽을 향해 뛰었다.

'일단 피해야 해.'

예상보다 훨씬 강한 적이었다. 무엇보다 어둠으로 인해 적이 제대로 보이지도 않았다.

자존심이 문제가 아니다. 좀 더 강해진 이후에 돌아와 복수를 하는 것이 현명할 것이다.

"키이익!"

다행히 검은 형체는 동굴 바깥까지 쫓아오지는 않았다. 로이스는 힐끗 고개를 돌려 놈의 정체를 살폈다.

어둠 속에서 누런 안광을 번뜩이는 시커먼 몬스터.

아까는 캄캄해서 못 알아봤는데 지금은 몸체가 일부 드러난 상태였다.

'저놈은?'

샤론 대륙에 처음 들어왔을 때 마주쳤던 사마귀 형상의 몬스터.

'크윽! 내가 저따위 녀석에게 쫓겨야 하다니.'

두목급 몬스터도 가볍게 해치웠던 로이스였다. 하찮은 일반 몬스터 따위에게 무기도 빼앗기고 부상까지 입은 채 도주하니 분통이 터졌다.

'일단은 부상부터 치료해야 해.'

양쪽 어깨의 고통이 온몸으로 퍼지며 정신을 아득하게 만들었다.

힘겹게 배낭에서 거더드 회복수 2병을 꺼냈다. 그리고 그것들을 양쪽 어깨에 한 병씩 부었다.

이전에 파란 액체를 사용했을 때와는 달리 거더드 회복수는 상처에 닿자 무척 쓰렸다. 게다가 효능이 그리 좋지도 않았다.

"한 병으로는 턱도 없네."

특히 오른쪽 어깨의 부상이 더욱 극심했다.

결국 왼쪽 어깨에 2병, 오른쪽 어깨에는 무려 7병이나 되는 거더드 회복수를 쏟아 붓고서야 상처는 완치가 되었다.

'회복수가 3병 밖에 남지 않았어.'

12병이나 되는 회복수 중에 무려 9병을 사용했다. 무기도 없고 회복수도 떨어져 가니 왠지 불안했다.

'오늘은 이만 돌아가야겠군.'

그러나 사실 돌아갈 길도 막막했다. 돌아가려면 회색털 늑대와 뾰족머리 갈색 늑대들이 있는 숲의 초입을 통과해야 한다.

아무리 은밀히 움직인다 해도 최소한 한두 마리와는 마주칠 것이다. 무기 없이 맨손으로 그것들과 싸워 이기기란 쉽지 않았다.

특히나 지금 이곳은 늑대보다 훨씬 강해 보이는 검은 멧돼지들이 살고 있는 곳. 혹시라도 그것들과 마주치게 되면 끝장이었다.

'동굴에 들어가지 말걸 그랬다.'

비로소 경솔했던 행동을 후회했지만 지금은 그게 문제가 아니었다.

날이 조금씩 어둑해지고 있으니 속히 숲을 빠져나가지 않으면 점점 더 위험해질 상황.

아쉬운 대로 근처에 떨어져 있는 나무 막대기를 주워 들었다.

바스락!

그때 뭔가가 수풀을 헤치고 다가오는 소리가 들렸다. 바싹 긴장한 로이스가 고개를 돌렸다.

"꾸이이!"

'저, 저건?'

빠른 속도로 돌진해 오고 있는 것은 다름 아닌 시커먼 멧돼지였다. 결국 우려했던 상황이 벌어진 것이다.

'왜 하필 지금 저놈이!'

아침까지만 해도 멧돼지를 잡아 구워 먹을 생각이었지만 지금은 상황이 달랐다. 이미 달아나기에는 늦은 터. 로이스는 막대기를 들고 멧돼지를 노려봤다.

"덤벼라."

"꾸이이!"

멧돼지는 잠시 멈칫했지만 볼 것도 없다는 듯 정면으로 돌진해 왔다. 로이스는 잽싸게 옆으로 피하며 막대기를 휘둘렀다.

파악!

멧돼지가 움찔했다. 그러나 별다른 타격을 받지 않은 듯 몸체를 돌려 달려들었다. 로이스는 훌쩍 뛰어 피하며 다시 막대기를 휘둘렀다.

파악!

멧돼지가 다시 움찔하자 로이스의 눈이 반짝였다.

'막대기로도 해볼 만한데?'

하긴 좋은 무기만 없을 뿐이지 싸움의 감각마저 사라진 것은 아니다.

'정신을 똑바로 차리면 이길 수 있어.'

재빨리 뒤따르며 막대기를 후려갈겼다. 그러자 달아나던 멧돼지가 콧김을 내뿜더니 몸체를 돌려 다시 달려들었다.

"꾸이이!"

"에잇!"

로이스는 급히 몸을 피하며 막대기를 휘둘렀다. 그 후로 십여 차례를 막대기로 후려쳤지만 멧돼지는 좀처럼 쓰러지지 않았다. 오히려 멧돼지의 앞발에 왼쪽 무릎이 스치며 부상을 입고 말았다.

"헉! 헉!"

로이스는 숨을 몰아쉬었다. 왼쪽 무릎에 입은 타박상은 거더드 회복수 하나만 부으면 깨끗이 회복되겠지만 그럴 틈이 없었다.

바로 그 순간.

((축하드려요.))
((새로운 기술 막대기 전술을 각성하셨어요.))
((막대기 전술 1단계가 되었어요.))

지혜의 구리 귀고리로부터 막대기 전술이라는 능력이 생겼다는 음성이 들렸다.

막대기가 왠지 친숙해진 느낌.

그 순간 로이스의 눈빛이 다시 반짝였다.

그렇다. 할버드와 같이 막대기 역시 계속 사용하면 기술이 생기는 것이다. 막대기의 위력 역시 늘어날 것이다. 포기하지 말고 계속 막대기로 싸워 보는 거다.

"에잇!"

빠직!

"꾸에엑!"

힘차게 멧돼지의 머리를 후려치자 멧돼지가 큰 충격을 받았는지 비명과 함께 비틀거렸다.

"꾸, 꾸이이!"

급기야 멧돼지는 후다닥 달아나기 시작했다.

"어딜 도망가?"

로이스는 잽싸게 뒤따르며 멧돼지를 후려치려 했다. 그런데 그때였다. 갑자기 전방에서 세 마리의 멧돼지들이 나타나 로이스를 향해 돌진해 왔다.

"으! 젠장!"

한 마리도 아니고 멧돼지 세 마리는 승산이 없었다. 할버드가 있다면 모를까 막대기로는 말이다.

"……!"

당황해서 물러나는 로이스를 향해 멧돼지들이 고개를 흔들며 달려들었다.

"쿠르르!"

"쿨쿨쿨쿨!"

이죽거리는 입들을 보니 마치 승리의 미소를 짓고 있는 듯했다.

"다 덤벼! 모조리 죽여 주마."

어차피 이제 도망도 못 간다. 죽지 않으려면 맞서 싸우는 수밖에 없으리라. 로이스는 막대기를 험악하게 휘두르며 맞섰다.

"죽엇!"

퍽! 퍼억!

막대기가 선두로 달려드는 녀석의 머리를 사정없이 가격했다. 그러나 그 뒤로 달려온 다른 멧돼지가 로이스의 가슴을 들이받았다.

퍼억—!

"……으윽!"

엄청난 충격! 로이스는 피를 토하며 뒤로 나가떨어졌다.

'치잇! 할버드만 있었어도…….'

그 생각을 끝으로 로이스는 정신을 잃었다.

※　　　※　　　※

환한 햇살이 눈꺼풀을 때렸다. 로이스는 기지개를 펴고
일어났다.

'으음, 여기는?'

푹신한 나뭇잎 침대와 꽃 이불. 다름 아닌 릴리아나의 꽃
밭에 있는 로이스의 잠자리였다.

'어떻게 된 거지?'

분명히 어제 멧돼지에게 공격을 받아 정신을 잃었다. 그
렇다면 멧돼지의 밥이 되든지 숲의 몬스터들의 간식거리가
되었어야 정상일 것이다.

"깨어나셨나요?"

릴리아나가 빙긋 웃으며 다가왔다. 로이스는 벌떡 일어
나려 했지만 몸에 힘이 없었다. 전신이 쑤시고 아팠다.

"으윽!"

"절대 무리하시면 안 돼요. 몸이 완전히 회복되려면 사흘 정도는 누워 계셔야 해요."

"내가 왜 여기 있는 거야?"

"로이스 님이 죽음 직전에 이르렀을 때 제가 소환을 했거든요."

"소환? 그런 게 어떻게 가능해?"

릴리아나는 로이스가 그것을 물을 줄 알았다는 듯 연이어 설명을 해 주었다.

"저와 로이스 님은 하나이기 때문에 가능하죠."

미스토스의 계약을 통해 로이스와 릴리아나는 하나가 된 것이라 했다. 그 말은 이전에도 들었던 것이라 그러려니 했는데 이런 놀라운 일을 할 수 있다니.

"그럼 내가 죽었다 살아난 거야?"

"로이스 님은 제가 있기에 절대 죽지 않아요. 잠시 죽음 같은 가사 상태에 빠졌던 것뿐이죠."

"죽음 같은 가사 상태라니?"

"그러니까……."

릴리아나는 뭔가 알아듣기 쉬운 비유를 떠올리려 고심하는 것 같았다.

"예를 들어 저와 같은 꽃의 요정은 미흐의 근원인 루트만 살아 있으면 온몸이 부서져도 다시 살아날 수 있어요. 그런데 만일 그 루트를 안전한 곳에 보관할 수 있다면 어떻게 될까요?"

"그런 게 가능하다면 어지간해선 죽지 않겠지."

"로이스 님이 그와 같은 경우예요. 로이스 님의 루트에 해당되는 생명의 근원이 저에게 있기 때문이에요. 미스토스의 계약을 통해서 말이죠."

"무슨 말인지 대충은 알겠는데……."

로이스는 고개를 끄덕였다. 황당한 말이지만 실제로 죽었다가 다시 살아났으니 릴리아나의 말은 틀리지 않을 것이다.

그러고 보니 얼마 전 미스토스의 계약인지 뭔지로 인해 릴리아나가 힘을 모조리 빼앗아 갔다. 그때 생명의 근원이라는 것도 함께 가져간 것이 분명했다.

"그런데 만일 네가 죽으면 나는 어떻게 되지?"

"그건 걱정하지 마세요. 미스토스의 계약을 한 순간부터 저의 루트는 미스토스의 힘이 보호하게 되거든요."

"미스토스의 힘?"

"네. 로이스 님이 하시는 각종 수련이나 혹은 몬스터들과 싸우며 축적한 미스토스가 저를 보호해 줘요. 그로 인해 저를 해칠 수 있는 존재는 누구도 없어요. 미스토스의 계약자로서 필요한 지식도 미스토스를 통해 습득할 수 있죠."

"그렇군."

로이스는 다시 고개를 끄덕였다. 솔직히 무슨 말인지 잘 모르겠지만 어쨌건 미스토스라는 것이 매우 중요하다는 것은 깨달았다. 그런데 그 뒤로 이어진 릴리아나의 말이 로이스를 불안하게 했다.

"하지만 미스토스가 부족하면 저는 끝장이에요. 물론 저와 하나인 로이스 님도 마찬가지죠."

"그 말은 죽을 수도 있다는 거야?"

로이스가 놀란 표정으로 묻자 릴리아나는 우울한 눈빛으로 고개를 끄덕였다.

"만일 로이스 님이 꾸준히 수련을 하지 않고 게으름 피우며 놀기만 하면 미스토스가 부족해져 우린 죽게 될 거예요."

"미스토스가 부족하다고 왜 죽는데?"

"데스 가고일이 우리를 노리고 있으니까요."

"데스 가고일?"

"네, 아주 무서운 괴물이죠. 어떤 때는 새의 모습으로 나타나고 간혹 악마의 모습으로 나타나기도 하죠. 그것의 접근을 막으려면 미스토스의 힘이 필요해요."

"그럼 내가 수련만 열심히 하면 걱정할 필요 없는 거잖아. 미스토스는 내가 수련을 하면 계속 쌓일 테니 말이야."

"물론이죠. 그래서 저는 조금도 걱정하지 않아요, 호호."

"역시 그렇군."

로이스는 괜히 걱정했다는 듯 피식 웃었다. 긴장을 했다가 풀어지니 몸이 더욱 욱신거렸다. 온몸에 힘이 없었다.

"그보다 난 좀 쉬어야겠어."

"이쪽으로 누우세요, 로이스 님."

릴리아나가 로이스를 눕히고 꽃 이불을 덮어 주었다. 로이스는 힘없이 고개를 들어 물었다.

"죽었다 살아나면 원래 이렇게 힘이 없는 거야?"

"네, 하지만 앞으로 로이스 님의 능력이 강해지고 미스토스가 충분히 많아지면 회복 속도도 빨라질 거예요."

그 말을 들으며 로이스는 눈을 감았다. 졸음이 밀물처럼 밀려왔기 때문이다. 온몸이 천근처럼 무거웠다.

'치잇! 이건 별로 좋지 않은 기분이야. 앞으로는 절대 죽지 말아야겠어⋯⋯.'

로이스가 잠이 들자 릴리아나는 빙긋 미소 지었다. 사실 그녀가 로이스에게 한 가지 숨긴 것이 있었다.

'로이스 님, 전 보통 미스토스의 계약자와는 다르답니다. 저의 루트를 보호할 정도의 미스토스는 스스로 확보가 가능하거든요.'

다시 말해 설사 로이스가 게으름을 피우고 논다 할지라도 미스토스의 부족으로 릴리아나가 죽을 일은 없는 것이다.

'저를 보호하기 위해 데스 가고일과 싸워 주셨던 로이스 님의 멋진 모습을 잊을 수 없어요.'

당시 씨앗 상태였지만 릴리아나는 로이스가 커다란 새의 모습으로 나타난 데스 가고일과 사투를 벌였던 것을 알고 있었다.

만일 로이스가 싸워 물리치지 않았다면 릴리아나는 미스토스의 계약자로서 꽃을 피워 보지도 못하고 데스 가고일의 먹잇감으로 전락했을 것이다.

지금은 미스토스의 힘으로 데스 가고일의 접근을 막을 수 있지만 그때는 릴리아나가 무력한 상태였기 때문이다.

물론 그녀가 확보할 수 있는 미스토스는 천생의 원수인 데스 가고일의 접근을 가까스로 막을 수 있는 정도. 그밖에 필요한 미스토스는 로이스가 얻어야 했다.

그 여분의 미스토스로 샤론 대륙의 이종족인 주름 상인을 부를 수도 있고 꽃밭을 넓게 확장하는 것도 가능했다.

또한 정령들을 불러들여 유용한 식물을 재배하게 하거나 온갖 필요한 시설을 만들게 할 수도 있었다.

'하아! 지금은 꽃밭이 너무 작으니 답답해.'

현재 여분으로 남아 있는 미스토스는 주름 상인을 부를 수 있을 정도의 소량뿐이었다.

'참, 로이스 님께 무기를 사 드려야 될 텐데?'

안타깝게도 그녀 스스로 밖에 나가 돈이 될 물건을 구해 올 수는 없었다.

다행히 로이스가 둘러메고 있던 배낭을 정리하자 뾰족머리 갈색 늑대의 송곳니와 거더드 뿌리가 제법 나왔다.

거더드 뿌리는 회복수를 만들어야 하니 처분할 수 있는 것은 송곳니뿐. 쓸 만한 무기를 사기에는 한참 부족한 액수였다.

'그런데 저건 뭐지?'

릴리아나의 눈에 꽃밭 안쪽 한구석에 반쯤 파묻혀 있는 넝쿨 무더기가 들어왔다.

로이스가 가지고 있던 물건이라 챙겨 두긴 했지만 그 뒤로 미처 신경을 쓰지 못했던 것이다.

지저분한 물건이면 이 기회에 버리리라 작정하고 넝쿨무더기를 집어 든 릴리아나의 두 눈이 휘둥그레 커졌다.

'설마 이것들은?'

두목 사마귀 몬스터의 머리, 자이언트 글로울프의 이빨, 대왕 잠자리의 눈알, 여왕개미 몬스터의 날개……. 모두 두목급 몬스터의 사체 일부였다.

사마귀 몬스터 두목의 머리(희귀)
자이언트 글로울프의 이빨(희귀)

여왕 개미 몬스터의 날개(희귀)

……

＊　　　＊　　　＊

"흠, 모두 합해 87베카 20가디를 드리지요."

"생각보다 많군요."

릴리아나의 안색이 환해졌다. 희귀한 물건들인 줄은 알
았지만 이토록 높은 값을 받을 줄이야.

"허허, 모두 희귀한 것들인데 한 번에 파시니 특별히 더
쳐 드리는 거라오."

"그럼 무기와 장비들을 보여 주세요."

릴리아나는 로이스를 위해 쓸 만한 무기 하나와 괜찮은
장비들을 살 생각을 하며 뿌듯하게 미소 지었다. 돈이 남으
면 지혜의 귀고리도 한 단계 높은 것으로 구입하면 좋을 것
이다. 그런데,

"다른 건 필요 없어. 할버드 제일 좋은 것으로 줘."

로이스가 언제 깨어났는지 옆에 다가와 있었다. 무기를
산다는 말에 벌떡 일어나 달려온 것이다. 다리가 후들거리
면서도 로이스의 두 눈은 이글거렸다.

"로이스 님! 아직 무리하시면 안 돼요. 무기와 장비는 제

가 알아서……."

"무기는 내가 살 거야."

로이스는 릴리아나의 말은 들은 체도 안하고 노스느크를 노려봤다. 그러자 노스느크는 보따리를 풀었다.

"그럼 할버드를 몇 자루 보여 드리지요."

제법 큼직한 보따리였지만 기다란 할버드를 담기에는 턱없이 부족했다. 그런데 어떻게 할버드 십여 자루가 튀어 나오는 것일까? 로이스가 신기하다는 듯 큰 눈을 반짝이자 노스느크는 껄껄 웃었다.

"이 중에서 골라 보시지요, 로이스 님."

"좋아!"

할버드들을 쳐다보는 로이스의 눈빛은 매처럼 사납게 빛났다.

가장 왼쪽에 있는 할버드는 얼마 전 잃어버린 할버드와 거의 흡사했다. 옆에 있는 것들에 비하면 가장 초라한 것이었다.

'저따위 건 필요 없어.'

로이스는 코웃음 치며 다른 물건들을 살폈다. 그러다 가장 오른쪽 할버드를 불쑥 집어 들었다.

거무튀튀한 창대.

도끼날과 창날도 모두 칠흑처럼 검었다. 보통의 할버드

보다 더 길고 꽤 무거웠다.

"이건 무척 튼튼해 보이네."

"허허! 제대로 고르셨소. 그건 바로 어둠의 미늘창이라는 것이오. 희귀 등급의 무기인 만큼 위력이 아주 강하지요."

"이걸로 하겠어."

"100베카인데 괜찮겠습니까?"

"물론이야."

로이스는 흔쾌히 고개를 끄덕이고는 릴리아나를 쳐다봤다. 어서 돈을 내주라는 듯 물끄러미 쳐다보는 로이스를 보며 릴리아나는 기가 막혔다.

"지금은 그걸 살 돈이 없어요, 로이스 님."

"그럼 어떻게 하지?"

"제가 볼 땐 그것보다는 이게 어떨까요?"

릴리아나는 푸르스름한 창날의 할버드를 들어 보였다. 어둠의 미늘창보다 작지만 그런대로 멋져 보였다. 노스느크가 말했다.

"그건 어둠의 미늘창보다는 못하지만 그래도 제법 쓸 만한 물건이오. 가격은 48베카라오."

"이게 좋겠어요, 로이스 님."

릴리아나는 로이스의 눈치를 살피며 돈을 지불하려 했다. 그러자 로이스가 어림없다는 듯 고개를 흔들었다.

"필요 없어. 난 이걸로 할 거야."

"돈이 부족하다고요!"

"돈이 부족해?"

"네. 로이스 님이 원하시는 걸 사 드리고 싶어도 제게 그만한 돈이 없어요."

릴리아나는 뭔가 속상해하는 표정을 지었다.

그녀 역시 로이스가 원하는 어둠의 미늘창을 사주고 싶었기 때문이리라.

"음."

로이스는 순간 이전에 봤던 소설책의 내용이 기억났다. 상인에게 뭔가를 사려면 그에 상당하는 돈이 있어야 한다는 것 말이다.

만약 돈이 부족한데도 강제로 거래를 하려하면 그것은 강도질이나 다름없었다.

물론 상대가 얼마 전 체란산에서 봤던 녀석들처럼 나쁜 자들이라면 그보다 더한 짓도 할 수 있겠지만, 로이스가 보기에 노스느크는 아니었다.

이런 상황에 계속 고집을 피울 수는 없는 일.

로이스는 고개를 끄덕이고는 릴리아나가 고른 창을 가리켰다.

"그럼 어쩔 수 없지. 저걸로 할게."

"정말이세요?"

"대신 다음에는 반드시 어둠의 미늘창을 살 거야."

강한 몬스터들을 잡으면 돈이 된다! 그 사실을 알게 된 이상 로이스는 돈을 얼마든지 벌 자신이 있었다.

"염려 마. 돈이야 내가 잔뜩 벌 수 있거든."

그렇게 이글거리는 로이스의 두 눈빛을 보며 릴리아나는 뭔가 감개무량해하는 표정을 지었다.

"맞아요, 로이스 님! 정말 잘 생각하셨어요."

그녀는 로이스에게 이 상황을 설득하기가 쉽지 않으리라 생각했는데, 의외로 로이스가 순식간에 태도를 바꾸자 내심 놀랐던 것이다.

'로이스 님에게 저런 면이 있었다니!'

사실 로이스는 막무가내인 것처럼 보이지만 상황에 적응하는 능력이 무척 빠르다.

단순히 전투뿐만 아니라 모든 면에서의 적응력!

그것은 누가 가르쳐 주지 않아도 체란산에서 그가 본능적으로 터득한 생존의 능력이었다.

그때 노스느크의 두 눈에 이채가 일었다. 그는 잠시 고심하는 듯하다 입을 열었다.

"허허, 그렇다면 이번에는 특별히 외상으로 이 창을 드리지요."

그 말에 릴리아나가 깜짝 놀라는 표정으로 노스느크를 바라봤다.

"정말이세요?"

"그렇소."

그러자 로이스가 고개를 갸웃했다.

"날 뭘 믿고 외상을 준다는 거야?"

로이스도 외상이 뭔지는 안다.

그러나 그것은 상대를 신뢰할 때만 가능한 일.

이제 딱 두 번 만난 대상에게 그런 신뢰가 쌓였을 리 없다.

노스느크가 빙긋 미소 지었다.

"저의 직감에 로이스 님이 앞으로 큰돈을 버실 분이란 확신이 들었기 때문이지요. 앞으로 저에게도 이익을 많이 가져다주실 분이라면 어둠의 미늘창 정도야 얼마든지 외상으로 드릴 수 있습니다."

"만약 내가 나중에 돈을 갚지 않으면? 내가 계속 모른 척할 수도 있잖아."

"허허, 그런 일이 벌어지면 제가 사람을 잘못 본 셈으로 쳐야지요. 대신 그땐 저희 주릅들과는 영원히 거래할 수 없을 것입니다."

노스느크는 그렇게 말하면서도 로이스가 절대 외상을 떼어먹고 달아날 리 없다는 듯 확신하는 표정이었다.

그는 빙그레 웃으며 로이스의 손에 어둠의 미늘창을 쥐여 주었다.

"자, 이 창을 받으십시오. 부족한 금액은 이후에 받겠습니다."

"고마워. 날 믿어 줬으니 언젠가 꼭 신세를 갚을게."

"허허, 저와 계속 거래해 주시기만 하면 바랄 것이 없지요. 그럼 저는 다음에 또 찾아뵙겠소."

그렇게 로이스는 희귀 등급의 무기인 어둠의 미늘창을 얻게 되었다.

"후후, 묵직하니 역시 마음에 드는걸."

로이스는 창을 쥔 채 흡족해하는 미소를 지었다. 그리고는 이내 밖으로 달려 나갔다. 이에 릴리아나가 깜짝 놀라 물었다.

"아니, 로이스 님! 어디 가세요?"

"돈 벌러."

"아직 좀 더 쉬셔야……."

"괜찮아. 난 이미 회복됐어."

"잠깐만요. 그럼 이걸 가져가세요."

릴리아나는 재빨리 배낭을 챙겨주었다. 그 안에는 유사시 필요한 거더드 회복수, 그리고 식량으로 먹을 비스킷 등이 들어 있었다.

Chapter 10
수련! 또 수련!

오브츠 숲에 들어선 로이스의 표정엔 자신감이 넘쳤다.

칠흑같이 검은 할버드!

이 어둠의 미늘창이 있는 이상 두려울 건 없다. 배낭 속에는 거더드 회복수 15병과 간식으로 먹을 비스킷 10개가 들어 있었다.

'멧돼지 놈들! 오늘을 기다렸다.'

로이스를 가사 상태로 몰아넣었던 검은 멧돼지들. 오늘 반드시 복수해야 할 대상이었다.

두 번째 복수 대상은 동굴 속 사마귀 몬스터. 물론 아직은 때가 아니었다. 녀석을 이기려면 아직 좀 더 강해져야 할 것이다.

"크르르르!"

그때 뾰족머리 갈색 늑대 한 마리가 나타나 으르렁거렸다.

"울프 슬래시!"

순간 로이스는 반사적으로 할버드의 기술을 펼쳤다.

번쩍! 파앗—!

"깨앵!"

창끝을 통해 쏘아져 나간 시커먼 빛에 적중된 순간 늑대의 머리는 박살 났고 몸체는 까마득히 날아가 수풀 사이로 사라졌다.

"저럴 수가!"

로이스는 멍해졌다. 울프 슬래시의 위력이 이토록 강했단 말인가? 기술을 다시 한 번 펼쳐 보기로 했다.

"울프 슬래시!"

번쩍! 쒸식!

앞쪽의 아름드리나무를 향해 검은 빛이 쏘아져 나갔다.

콰앙! 콰지직!

나무가 부러질 듯 흔들렸다. 나뭇잎들이 눈 오듯 쏟아져 내렸다.

'이럴 수가! 위력이 몇 배는 증가했어!'

지난번에 펼쳤을 때는 주먹 정도 크기의 자그마한 홈이 파였을 뿐이다. 그런데 이번에는 사람 머리통만 한 구멍이 생겨났다. 과연 비싼 무기인 만큼 위력부터 달랐다.

"제법 괜찮은데?"

로이스는 할버드의 창대를 쓰다듬으며 미소 지었다.

곧바로 늑대의 송곳니를 챙겨 배낭에 집어넣은 후 숲의 중심을 향해 달렸다. 늑대들이 보이는 족족 할버드를 휘둘렀다.

모두가 한 방!

슬쩍 비껴 맞아도 곤죽이 되어 날아갔다. 거기에는 회색 털 늑대도 예외가 될 수 없었다.

숲의 서쪽에 들어설 때까지 십여 마리의 늑대를 해치웠지만 가벼운 부상조차 당하지 않았다.

"꾸이이!"

검은 멧돼지 한 마리가 돌진해 왔다. 로이스는 슬쩍 피하며 할버드를 휘둘렀다.

"울프 슬래시!"

할버드의 창끝에서 쏘아진 검은 빛이 멧돼지의 몸체를 꿰뚫었다.

"꾸엑!"

멧돼지는 펄쩍 뛰어올랐다가 널브러졌다.

일격에 즉사!

막대기로는 아무리 후려갈겨도 꿈쩍도 안 했던 멧돼지였
다. 어둠의 미늘창의 가공할 위력을 실감하는 순간이었다.

((축하드려요. 당신의 레벨이 3단계로 상승했어요.))

귀고리의 음성이 들려오는 순간 온몸에 활력이 솟았다.
귀고리의 음성은 계속 이어졌다.

((당신의 최대 맷집이 120 증가해 320이 되었어요.))
((당신의 최대 미흐가 110 증가해 310이 되었어요.))

"레벨이 올랐나 보군."

이제 로이스는 귀고리가 무슨 말을 하는지 대략이나마
이해할 수 있었다.

맷집은 공격을 당했을 때 버티는 능력을 의미하는데 높
을수록 좋은 것이다. 맷집이 0이 되면 가사 상태에 빠지게
된다.

미흐는 울프 슬래시와 같은 기술을 펼칠 때 필요한 것으
로 역시 높을수록 좋았다.

미흐가 0이 되면 기술을 펼칠 수 없으니 신중하게 사용

해야 하지만, 휴식을 취하거나 레벨이 오르면 모두 회복되는 터라 너무 아낄 필요는 없었다.

맷집과 미흐의 최대치는 보통 때는 변함이 없다가 총체적 전투 능력을 의미하는 레벨이 한 단계 상승할 때마다 증가하는 것이다.

"역시 레벨이 오르는 게 최고야."

레벨이 오른다는 것. 그것은 곧 그만큼 강해졌음을 의미하니까.

그 후로도 며칠 동안 로이스는 계속 검은 멧돼지 사냥을 했다.

((축하드려요! 당신의 할버드 다루는 능력이 4단계로 상승했어요.))

((할버드의 기본 기술 울프 슬래시가 2단계로 상승했어요.))

……

((약초 채집 능력이 4단계로 상승했어요.))

((축하드려요! 당신의 레벨이 5단계로 상승했어요.))

다른 어떤 음성을 들을 때보다 레벨이 올랐다는 말을 들을 때 가장 기분이 무척 좋았다.

"하하, 또 레벨이 올랐군."

레벨 5가 되자 로이스는 드디어 동굴 속의 사마귀 몬스터를 찾아갔다.

"키킥!"

동굴 안으로 들어서자 음침한 소리가 들려왔다.

로이스는 슬쩍 입구 쪽으로 달아나며 놈을 유인했다.

캄캄해서 보이지 않았던 사마귀 몬스터의 모습이 보일 찰나 곧바로 할버드를 휘둘렀다.

"울프 슬래시!"

번쩍! 파아앗—!

2단계로 상승한 울프 슬래시의 위력. 창끝으로부터 타래치듯 뻗어나간 두 줄기 빛이 몬스터의 가슴을 꿰뚫었다.

콰앙!

"끼아아악!"

그러나 놈은 가슴 일부가 박살 나고도 죽지 않았다. 여전히 황색의 안광을 번뜩이며 반격의 기회를 엿보고 있었다.

쉭! 쉭쉭!

연달아 날아드는 날카로운 앞발 공격. 로이스는 가볍게 그것을 피한 후 할버드를 내리쳤다.

"그만 죽어랏!"

퍼억!

"꾸아아아악!"

도끼날이 머리를 박살 내고 가슴까지 파고들고서야 놈의 움직임이 멎었다.

"휴우!"

로이스는 땀을 닦았다. 비교적 간단하게 해치웠지만 지난번 큰 부상을 입은 기억 때문에 약간은 긴장하지 않을 수 없었던 것이다.

어쨌건 이로써 서쪽 숲에서 가장 강한 녀석을 해치우는데 성공했다. 로이스는 동굴 안쪽을 힐끗 쳐다봤다.

"안쪽에 들어가 볼까?"

그러고 보니 동굴의 끝을 확인한 것이 아니었다.

문제는 동굴 안쪽은 너무 캄캄하다는 것!

혹시라도 좀 전에 해치운 사마귀 몬스터보다 훨씬 강한 놈이 있을지 모르는데 캄캄한 상태라면 상대하기 쉽지 않을 것이다. 한 번 죽음과 같은 가사 상태를 경험했던 로이스였기에 신중해져 있었다.

'약하니까 정말 답답해.'

미스토스의 계약을 하기 전에는 어두컴컴한 동굴 안을 대낮처럼 훤히 볼 수 있었다. 닿기만 해도 바위가 녹아 버리는 독액도 로이스에게 아무런 위협이 되지 못했다.

'언제 그때처럼 강해질 수 있을까?'

고작 사마귀 몬스터 하나를 죽이려 기를 쓰고 있는 지금 상태를 생각하면 한숨이 나왔다. 그렇게 한동안 어둠 속을 노려보며 고민을 하고 있을 때였다.

((축하드려요. 어둠 속에서도 사물을 볼 수 있는 눈인 다크 아이를 익히셨어요.))

뜻밖에 새로운 기술인 다크 아이를 얻었다.

그때부터 캄캄했던 어둠 속을 어렴풋이나마 볼 수 있게 되었다.

'그렇군.'

로이스는 돌연 몸을 떨었다. 며칠 동안 레벨을 올리며 샤론 대륙에서 강해지는 법을 확실히 알았다고 생각했는데 사실 가장 중요한 것을 간과하고 있었던 것이다.

할버드를 아무리 잘 다룬다 해도 어둠 속에서는 무력할 뿐이다. 어둠 속에서는 어둠을 볼 수 있는 능력, 즉 어둠 속의 적응 능력이 싸움의 승패를 좌우하는 것이다.

만일 물속이라면? 독충과 싸운다면? 나무를 타고 다니는 몬스터와 싸운다면? 땅속을 파고드는 녀석이라면? 쫓아가기 힘들 만큼 빠른 녀석이라면? 무기를 또 잃어버린다면?

로이스는 문득 체란산에서 무적의 강자로 군림하던 때를 다시 떠올렸다.

그때는 저절로 강해졌다.

물속이건 불속이건, 캄캄한 동굴 속이건 로이스는 거칠 것이 없었다. 가공할 미흐의 힘은 로이스가 특별한 노력을 하지 않아도 그를 무적의 상태로 만들어 주었다.

그러나 이제 저절로 강해지는 것은 없다. 스스로 노력을 기울여 각각의 능력을 강화해야 했다. 밤의 적응 능력, 물 속에서의 적응 능력을 길러야 하는 것이다.

숲과 늪지, 미끄러운 빙판이나 용암이 들끓는 열기 속에 서도, 세찬 비바람이 부는 상황에서도 적과 싸워 지지 않으 려면 미리부터 준비해야 할 것이다.

'당분간 이 숲에서 신체의 저항 능력을 키워야겠어.'

오보츠 숲의 몬스터들을 다 때려잡을 때가 되면 좀 더 강한 곳으로 이동하려 했지만 생각을 바꿨다.

몬스터를 죽이는 것만이 능사가 아니다. 싸움을 위한 가장 기본적인 능력을 익히는 것이 우선인 것이다. 몬스터는 그 후에 때려잡아도 늦지 않다.

'나는 누구에게도 지고 싶지 않아!'

그 어떤 상황에서도, 그 누구에게도 지지 않는 무적의 존재. 그것이 로이스가 바라는 바였다.

'일단 그 전에 저 안에 뭐가 있는지 봐야겠지.'

로이스는 조심스레 동굴 안쪽으로 들어갔다.

"키키익!"

역시나 안쪽에도 사마귀 몬스터가 하나 대기하고 있었다. 로이스는 담담히 기술을 펼쳤다.

"울프 슬래시!"

할버드에서 쏟아져 나간 빛이 사마귀 몬스터의 머리를 단번에 박살 내 버렸다.

"꾸아아악!"

딱 한 방에 끝이었다. 로이스는 새삼 자신이 강해졌음을 느끼며 뿌듯한 미소를 지었다.

계속해서 안쪽으로 들어가자 사마귀 몬스터들이 몇 더 나타났지만, 모두 로이스의 할버드 앞에 맥없이 널브러졌다.

그러던 로이스는 웬 제단 같은 것을 하나 발견했다.

큼직한 사마귀 석상이 서 있는 제단!

"이런데 왜 저런 게 있는 거지?"

왠지 석상이 기분 나빠 할버드를 휘둘러 박살 내 버리려는 찰나였다.

화악!

돌연 로이스의 목에서 환한 빛이 일어나 석상을 휘감았

다.

그와 함께 나타난 글자들.

[군주의 목걸이가 맨티스거 석상에서 고대 맨티
스거의 유전을 찾아냅니다.]

이렇게 군주의 목걸이가 빛을 발할 때 지혜의 귀고리는
잠잠했다.

둘 다 신기한 물건들이지만 지혜의 귀고리는 군주의 목
걸이의 눈치를 보고 있는 느낌이랄까?

"그보다 맨티스거의 유전은 또 뭐지?"

로이스는 고개를 갸웃했다. 아무래도 군주의 목걸이가
저 석상에 숨겨진 비밀을 간파한 것이 분명했다.

그 사이에 또 다른 글자들이 나타났다.

[당신은 새로운 기술 맨티스거의 투지를 각성했
습니다.]

* 맨티스거의 투지(1단계)
―맨손 격투 기술
―주먹과 발의 파괴력이 대폭 상승함

—미흐 소모 없음

　—맨티스거의 유전(전설)

　로이스는 환호했다. 이유는 모르지만 새로운 기술이 생겨나는 건 어쨌든 좋은 일이다.

　"맨손 격투 기술이라니 왠지 마음에 드는걸."

　본래 무기 없이 맨손으로 체란산을 누비던 로이스였기에 주먹과 발의 파괴력이 증가하는 기술이 생겨나자 무척 흐뭇했다.

　스윽.

　그러던 로이스는 문득 자신의 목에 걸린 투명한 목걸이 펜던트를 손으로 만졌다.

　'이 목걸이의 능력은 정말 신기하구나.'

　로이스를 샤론 대륙으로 인도한 것도 목걸이였다.

　이 목걸이는 놀랍게도 지혜의 귀고리가 가진 능력과 거울의 두루마리가 가진 능력을 모두 갖고 있었다.

　뿐만 아니라 오늘 보니 숨겨진 뭔가를 찾아내는 능력도 존재했다.

　정말 보물 중의 보물이라 할 수 있었다.

　만약 이 군주의 목걸이가 없었다면 이곳에서 아무것도 얻을 수 없었을 것이다.

'역시 버리지 않길 잘했어.'

로이스는 한동안 목걸이를 만지작거리다 동굴에서 나갔
다.

*　　　*　　　*

맨티스거의 유전을 얻은 로이스는 곧바로 수련을 시작했
다. 그것은 갖가지 상황에서 신체의 저항력을 높이기 위한
수련이었다.

낮에는 강 건너 황무지의 불규칙한 기후 변화 속에서 열
기와 한기, 바람에 대한 저항력을 키웠고, 밤에는 북쪽 숲
의 독지와 동쪽 숲의 늪지를 누비며 독에 대한 저항력과 늪
지에서의 적응력을 높였다.

그러다 보니 어느덧 200여 일이 지났다.

그동안 로이스는 이 숲에서 가능한 거의 모든 것들을 얻
을 수 있었다.

밤의 암흑을 대낮처럼 꿰뚫어 볼 수 있게 되었고, 강의
세찬 물살을 거슬러 물고기처럼 헤엄을 치는 것도 가능했
다.

아직 체란산에 있을 때에 미치진 못하지만 어지간한 산

짐승을 가볍게 따라 잡을 만큼 빨리 뛸 수 있었고 나무를 타고 숲을 바람처럼 가로지르는 것도 가능했다.

특히 무기를 잃어버릴 때를 대비한 맨손 격투 능력에도 비약적인 성취를 이뤘다. 그것을 위해서는 뾰족머리 갈색 늑대부터 다시 시작해야 했다.

셀 수 없이 부상을 입었고 그때마다 회복수로 치료해 가며 수련을 거듭한 결과 맨티스거의 투지가 29단계까지 상승했다.

    * 맨티스거의 투지(29단계)
    —맨손 격투 기술
    —주먹과 발의 파괴력이 대폭 상승함
    —미흐 소모 없음
    —맨티스거의 유전(전설)

덕분에 오보츠 숲의 모든 몬스터를 맨손으로 때려잡을 수 있었다.

주먹을 후려쳐 바윗돌을 가르고 발로는 사람 허리통보다 굵은 나무 기둥을 가볍게 부러뜨리는 것도 어렵지 않았다.

다만 맨손 격투와 신체의 기본 능력 향상에 치중하다 보니 상대적으로 할버드의 기술은 많은 성취를 이루지 못했다.

'좋아! 기본 능력은 이정도면 됐고, 앞으로는 할버드의 수련에 전력을 다해야겠군.'

이제 더 이상 오보츠 숲에 있을 필요가 없었다. 좀 더 강한 몬스터들이 출몰하는 새로운 곳으로 이동하면 할버드로 본격적인 수련을 해 나갈 생각이었다.

*   *   *

지글지글!

로이스는 지난 200여일 동안의 수련에 대한 회상을 하며 멧돼지 한 마리를 통으로 구웠다.

"후후, 다 익은 것 같네."

앞다리 한쪽을 쭉 찢은 후 입으로 가져갔다.

우걱! 우걱!

볼이 미어져라 살코기를 씹는 로이스의 눈가에는 행복한 미소가 가득했다. 여전히 릴리아나의 눈치를 보며 바깥에서 고기를 먹고 있는 신세이긴 하지만 말이다.

"냠냠! 쩝쩝……! 릴리아나는 고기가 얼마나 맛있는지 모를 거야."

오늘이 이 오보츠 숲에서의 마지막 날.

통통해 보이는 멧돼지 한 마리를 잡아 구워 먹는 것으로 고되었던 수련의 과정을 마치기로 했다. 물론 내일부터 또 새로운 수련이 시작되겠지만.

"새로운 곳에 가면 레벨이 다시 오르겠지?"

현재 로이스의 레벨은 30.

신분은 미스토스의 병사에서 미스토스의 기사로 상승했다.

기사가 되면서 특별히 달라진 건 없었지만, 그래도 병사보다는 기사가 낫다는 생각에 로이스는 흐뭇했다.

다만 레벨이 문제였다.

대략 한 달 전에 30을 달성했는데 그 후로는 도무지 레벨이 오르지 않았던 것이다. 릴리아나의 말에 의하면 좀 더 강한 몬스터와 싸워 이겨야 레벨이 오른다고 했다.

"슬슬 돌아가 볼까?"

고기를 실컷 먹은 로이스는 자리를 털고 일어났다.

어둑해지는 하늘.

벌써부터 별들이 하나둘 모습을 드러냈다. 지금부터야말로 숲의 몬스터들이 더욱 활개를 치고 돌아다닐 때였다.

그러나 어슬렁거리며 서쪽 숲을 거니는 로이스의 주변에 얼씬대는 몬스터는 단 한 마리도 없었다.

이러한 현상은 로이스가 얼마 전 오보츠 숲의 포식자라

는 이상한 칭호를 얻고 난 후부터 나타났다.

이름 [로이스]
레벨 [30]
칭호 [오보츠 숲의 포식자]
신분 [미스토스 기사]
맷집 3620/3620
미흐 3290/3290

숲의 멧돼지뿐 아니라 여우, 늑대, 심지어 북쪽 숲 독지
의 비단뱀까지 로이스의 간식거리가 되기 일쑤였다.

물론 뱀을 먹은 이유는 독에 대한 저항력을 강화하겠다
는 이유였지만 말이다. 그로 인해 사실상 숲에 존재하는 거
의 대부분의 몬스터들을 한 번쯤은 맛보았던 것 같았다.

((와아! 로이스 님, 축하드려요. 미스토스의 은총이 로
이스 님께 오보츠 숲의 포식자라는 칭호를 내렸어요. 오
보츠 숲의 모든 몬스터들이 로이스 님을 최상위 포식자로
인식하고 있어요.))

그리고 어느 순간 릴리아나가 새로 사 준 지혜의 골드 귀

고리에서 위와 같은 음성이 들려왔다.

귀고리가 좋은 것으로 바뀌자 목걸이의 음성은 훨씬 친절해졌고 간혹 질문을 하면 답변을 해 주기도 했다.

"최상위 포식자라고?"

((네, 로이스 님. 앞으로 오보츠 숲의 모든 몬스터들은 로이스 님을 피해 다니게 될 거예요.))

"쳇! 별로 좋은 건 아니군. 앞으로는 내가 녀석들을 찾아다녀야 되는 거잖아."

((오보츠 숲에서 포식자란 칭호를 받은 이상 이 숲뿐 아니라 다른 곳에 가서도 많은 몬스터들이 로이스 님을 두려워하게 될 거예요. 칭호가 부여하는 특수 기술인 포식자의 위압 1단계를 익히셨거든요.))

"알았어. 또 뭔가 생겼나 보네."

로이스는 시큰둥하게 대답했다. 잡다한 기술들 따위에 일일이 신경 쓰는 건 귀찮을 뿐이다. 어쨌건 뭔가 또 생겼다는 것은 그만큼 강해졌다는 것을 의미할 것이다.

　＊포식자의 위압 1단계
　─칭호 '오보츠 숲의 포식자'의 특수 기술
　─전투력이 낮은 몬스터들에게 본능적인 두려움
　을 줌

─소모 미흐 없음

다만 부작용은 있었다. 예전에는 덤벼드는 몬스터들을 해치우기만 하면 됐는데, 이때부터는 쫓아가 잡아야 했다. 다들 로이스만 보면 멀리서부터 도망가기 때문이다.

따라서 로이스에게는 그저 귀찮은 기술일 뿐이었다.

"이제 이 숲을 다시 보지 못하겠지?"

오보츠 숲을 빠져나온 로이스는 뒤를 돌아봤다.

그리 길지 않은 시간이었지만 로이스를 강하게 만들어 준 곳이다. 그만큼 정이 들어서인지 마치 체란산을 떠날 때처럼 뭔가 기분이 울적했다.

익숙한 것들과의 결별.

그것은 사실 엄마 루비아나가 죽고 체란산을 떠날 때부터 시작된 것이었다.

새로운 곳에 가서도 마찬가지다. 충분히 강해지면 좀 더 강하게 해 줄 수 있는 곳을 향해 또 떠나야 할 것이다.

어쩌면 마치 잠시 쉴 곳에 머물렀다 길을 나서는 나그네와 같은 울적한 여정이 계속 반복되는 것인지도 모르지만 어느덧 로이스는 그러한 결별에 어느 정도 무감각해졌다.

오히려 로이스에겐 울적함보다 새로운 곳에 대한 동경과 설렘의 감정이 더 컸다.

보다 강해질 수 있는 길이 있는데, 더 이상 강해질 수 없는 익숙한 장소에 미련을 가질 필요는 없는 것이다.

'이따위 좁은 숲에서 포식자 노릇이나 하며 살 순 없지.'

물론 오보츠 숲이 그리 좁은 것은 아니다. 그러나 체란산의 방대한 밀림 지대에 비할 수는 없다. 체란산이 수백, 아니 수천 배는 더 넓다 해도 과언이 아니다.

그 넓은 곳도 무척 갑갑하다 여기던 로이스에게 오보츠 숲 정도는 그저 잠시 머물다 떠나는 쉼터 정도에 불과할 뿐이다.

곧바로 릴리아나가 있는 곳을 향해 돌아가려던 로이스의 귀에 돌연 이상한 소리가 들려왔다.

"꺄악! 살려 주세요!"

음성의 발원지는 서쪽. 이곳에서 그리 멀지 않은 곳이었다.

'사람의 목소리야.'

사람! 그것도 여자의 목소리! 호기심이 드는 순간 로이스의 몸은 서쪽을 향해 달려가고 있었다.

"꺅! 살려 주세요!"

10대 중반쯤 되었을까? 몬스터들에게 쫓기며 연신 구조를 요청하는 소녀의 음성은 무척이나 절박했다.

대체 어쩌다 이 험하디험한 샤론 대륙에 들어오게 된 것일까?

"취익! 나그니으랄(인간 소녀다, 맛있겠군)!"

"취익! 크극크극! 아모드칼(도망가도 소용없으니 거기 서라)!"

우락부락하게 생긴 돼지 머리의 몬스터들이 소녀의 뒤를 바짝 쫓으며 고래고래 소리를 질러 댔다.

'오크잖아?'

체란산의 오크 마을 근처에서 살았던 로이스가 오크들을 못 알아볼 리 없었다. 오보츠 숲에 오크가 나타나다니.

그런데 소녀를 뒤쫓는 오크들은 그저 맨주먹을 휘두르던 체란산의 오크들과는 달리 무장을 갖추고 있었다.

커다란 원형의 방패와 거무튀튀한 도끼를 등에 둘러멘 오크들은 제법 강해 보였다.

"아악!"

위태하게 달리던 소녀는 결국 나무뿌리에 걸려 넘어졌다. 뒤쫓던 오크 세 마리가 침을 질질 흘리며 소녀를 둘러쌌다.

"취익! 취익!"

"크크크큭!"

오크들의 번들거리는 황갈색 눈동자와 싯누런 송곳니를 본 소녀는 까무러칠 듯 놀라며 와들와들 떨었다.

"아아……!"

로이스는 갑자기 낯선 소녀가 오크들에 쫓기는 상황이 뭔가 수상하다는 생각이 들긴 했다.

그러나 눈물을 흘리며 구슬피 우는 소녀의 얼굴을 보는 순간 그런 생각이 사라졌다.

"뭣들 하는 거야? 그만두지 못해!"

그는 대뜸 달려가 오크 하나의 턱을 후려갈겼다.

퍽!

"꾸엑!"

소녀의 팔을 막 낚아채려던 오크의 몸이 붕 떠올랐다가 바닥으로 처박혔다.

"취익! 라비쓰랄(오크의 욕)!"

오크는 넘어진 즉시 벌떡 일어났다. 그러나 몸이 다시 기우뚱하더니 맥없이 쓰러졌다.

맨티스거의 투지 29단계.

그로 인해 바윗돌도 조각내는 로이스의 주먹에 맞았으니 무사할 리가 있겠는가.

곧바로 나머지 두 마리의 오크들이 로이스를 노려봤다.

"취익! 이흐마그랄(감히 인간 따위가)!"

"취익! 뭉구즈랄(죽여 버리겠다)!"

오크들은 도끼와 방패를 양손에 잡고 공격 자세를 취했

다. 로이스는 가소롭다는 듯 웃었다.

"좋게 말할 때 꺼져라. 죽고 싶으면 덤비든가."

싸늘히 외치는 로이스의 눈빛에서 조금 전과는 또 다른 섬뜩한 기운이 뿜어져 나왔다.

그것은 숲의 최상위 포식자만 내뿜는 강자의 위압이었다. 오크들은 대경실색했다.

"취, 취이익!"

"크, 크아아아!"

힐끔 눈치를 살피던 오크들은 로이스에게 살의가 없음을 확인하자 재빨리 바닥에 기절해 있는 오크를 둘러업고 부리나케 달아났다.

물론 가기 전에 꾸벅 허리를 숙여 인사하는 것을 잊지 않았다.

"취익! 아스마그랄(살려 주셔서 감사합니다)."

로이스는 오크들의 호전적 기질을 잘 알고 있었기에 일단 하나를 쓰러뜨린 후 경고를 한 것이었다.

어려서부터 오크들과는 줄곧 어울려 지냈기에 함부로 죽이고 싶지 않았다. 무엇보다 친구 라개드가 생각나서였다.

'오크치고는 겁이 많은 놈들이군.'

그래도 사납기 짝이 없는 오크들이 이렇게 쉽게 물러난 것은 무척 의외라고 생각했다. 포식자의 위압이 몬스터들에게 얼마나 두려움을 주는지 로이스는 잘 모르고 있는 것이다.

"저⋯⋯."

그때 소녀가 일어나 로이스를 빤히 쳐다봤다.

은발 사이로 맑게 반짝이는 파란 눈동자에는 눈물이 가득 맺혀 있었다. 오크들이 달아나자 조금은 안심한 듯했지만 여전히 겁에 질려 하얗게 질려 있는 표정이었다.

"도와주시지 않았다면 큰일 났을 거예요. 정말 고마워요."

Chapter 11

소녀 용자를 만나다

"하하, 고맙긴."

소녀가 공손히 인사하자 로이스는 씩 웃었다. 예쁜 소녀를 도와주고 고맙다는 인사를 받자 무척 기분이 좋았다.

그러자 소녀의 양 볼에는 수줍은 듯 살짝 미소가 피어났다.

"저는 루사니아라고 해요."

"난 로이스."

"아, 로이스 님이셨군요."

"응."

상대가 이름을 말하면 이쪽도 이름을 말해야 한다. 이것은 로이스가 소설책을 읽으며 본 것이었다.

'후후후, 이거 정말 재밌구나.'

로이스가 낯선 사람에게 자신의 이름을 직접 말한 것은 이번이 처음이다. 아시엘 등을 만났을 때도 이름은 말하지 않았다.

그래서인지 더욱 신이 났다. 그런데 소녀 루사니아의 표정이 돌연 슬프게 변하는 게 아닌가.

"흑흑······!"

급기야 그녀의 커다란 두 눈에서 눈물이 뚝뚝 흘러내렸다. 모처럼 기분이 좋았던 로이스는 루사니아가 슬피 우는 모습을 보자 당황했다.

"왜 우는 거야? 괴롭히는 녀석이 있으면 내가 혼내 줄 테니 울지 마."

로이스가 달래자 루사니아는 울먹이며 말했다.

"지금 제가 모시는 분이 큰 위기에 처해 있거든요. 가서 몬스터들을 쫓아 주실 수 있나요?"

"좋아. 거기가 어딘지 안내해."

루사니아가 울면서 간청하자 로이스는 진심으로 그녀를 돕고 싶었다.

'이렇게 착하고 귀여운 소녀의 주인을 괴롭히다니. 어떤 놈들인지 가만두지 않겠어.'

루사니아를 따라 강의 서쪽으로 달려가는 로이스의 눈은 분노로 가득 차 있었다.

"저곳이에요, 로이스 님."

잠시 후에 도착한 곳은 푸르스름한 안개가 피어 있는 작은 숲.

'저긴 처음 보는 곳인데?'

그동안 수련을 하며 이곳까지 뛰어온 적이 많았지만 한 번도 푸른 안개에 휩싸인 이 작은 숲을 본 적은 없었다. 숲은 고요했고 뭔가 위협이 될 만한 것들은 보이지 않았다.

"몬스터들은 어디 있어?"

로이스가 고개를 갸웃하며 묻자 루사니아는 약간 당황하는 것 같았다.

"저 안에 있어요."

"그래?"

"서두르셔야 해요, 로이스 님."

"걱정 마."

로이스는 등에 멘 할버드를 풀어 들고 푸른 안개 속으로 들어섰다.

스스스.

순간 갑자기 달라진 정경. 숲은 사라지고 탁 트인 황무지 뿐이었다.

뒤를 돌아봐도 황무지.

루사니아의 모습은 보이지 않았다. 혹시나 싶어 한참을 기다렸지만 소용없었다.

"여기는 대체 어디야?"

그제야 로이스는 뭔가 이상함을 느꼈다. 문제는 원래 있던 장소로 돌아가고 싶어도 돌아갈 방법이 없다는 것.

'설마 나를 속인 건가?'

아니야. 귀엽고 예쁜 소녀가 그럴 리가 없다. 로이스는 고개를 흔들었다. 하지만 계속 의심이 드는 건 어쩔 수 없었다.

그때 어디선가 싸우는 소리가 들렸다.

챙챙! 챙 카카캉!

"으아악!"

"아악!"

무기 부딪치는 소리, 비명 소리!

앞쪽 멀리 보이는 언덕 위였다. 로이스는 즉시 달려갔다.

언덕 위에 오르니 아래 있을 때는 보이지 않았던 자그마한 집 한 채가 보였다. 허름해 보이는 대나무 울타리가 집을 빙 두르고 있었는데 싸움은 다름 아닌 울타리 입구에서 벌어지고 있었다.

"이얏! 꺼져 버려!"

차앙! 까앙!

양손 검을 휘두르며 리자드맨 5마리와 싸우고 있는 한 명의 여인.

'저 여자는?'

로이스는 그녀의 얼굴을 기억했다. 시간이 꽤 지났지만 당시 체란산에서 마주치고 식량이 든 배낭까지 던져 주었으니 모를 리가 없었다.

"하앗!"

"꾸억!"

오크들과 싸우고 있는 여인은 다름 아닌 여기사 스위니 였다. 그녀는 표범처럼 빠르게 움직이며 리자드맨들의 빈 틈에 검을 찔러 넣었다.

'제법이군.'

로이스는 스위니가 검을 휘두르는 동작을 눈여겨보았다. 리자드맨들이 휘두르는 창을 검으로 교묘히 비껴 내며 반격을 가하는 기술은 로이스의 흥미를 자극했다.

물론 리자드맨들 역시 호락호락 당하고 있지만은 않았다. 하나가 위기에 처하면 재빨리 다른 녀석이 달려들었고 나머지는 뒤쪽에서 암습을 가해 스위니의 신경을 분산시켰다.

그러나 스위니는 용케 암습을 피하며 5마리의 리자드맨 들을 모두 쓰러뜨리는 데 성공했다.

"휴우! 힘들었어."

그녀는 지친 숨을 몰아쉬더니 곧바로 울타리 안쪽으로 들어가 문을 닫았다. 로이스는 울타리 밖을 서성이며 집을 둘러봤다.

도대체 왜 이런 곳에 집이 있을까?

게다가 울타리는 발로 한 번 걷어차면 쓰러질 듯 연약해 보였다.

한 가지 신기한 것은 울타리 내부의 모습이 매우 흐릿하게 보인다는 것이었다. 허름한 집 한 채가 있는 것은 확실한데 그것조차 자세하게 보이지는 않았다.

"로이스 님!"

그때 누군가 울타리 문을 열고 로이스를 불렀다. 갑자기 사라졌던 소녀 루사니아였다. 로이스가 깜짝 놀라 쳐다보자 루사니아는 쑥스러운 듯 웃었다.

"너 거기 있었어?"

"네, 이리 들어오세요."

로이스는 고개를 끄덕이고 들어갔다. 그렇지 않아도 울타리 안에 뭐가 있는지 궁금하던 차였다.

'뭐야? 텅 비었네.'

밖에서 보던 대로 자그마한 집 한 채가 다였고 울타리 안은 공터처럼 비어 있었다. 공터가 생각보다 꽤 넓다는 것 외에는 특별한 게 없었다.

주홍빛 머리칼의 여기사 스위니. 그녀는 막 리자드맨들과 싸움을 끝낸 후 집의 툇마루에 앉아 휴식을 취하고 있었다. 그러다 울타리 안으로 들어선 로이스를 발견하고는 깜짝 놀랐다.

"당신이 어떻게 여기를 왔죠?"

그녀의 목소리가 떨렸다. 그러자 툇마루 안쪽 세 개의 방문 중 하나가 열렸다.

"누가 왔나요, 스위니 경?"

부스스한 금빛 머리칼, 창백한 낯빛. 아름답지만 병색이 짙어 보이는 소녀 아시엘이었다. 로이스를 발견한 그녀의 눈이 둥그렇게 커졌다.

"당신은?"

"뭐야, 너도 있었어?"

로이스는 의외라는 눈빛으로 아시엘을 쳐다봤다. 그러자 루사니아가 로이스를 급히 나무랐다.

"아시엘 님께 무례하면 안 됩니다, 로이스 님."

갑자기 엄숙해진 루사니아. 그러나 로이스가 놀란 건 그것 때문이 아니었다. 루사니아의 입에서 굵직한 남자의 목소리가 흘러나왔기 때문이다.

'뭐, 뭐야?'

로이스가 황당한 표정을 짓자 루사니아가 씩 웃더니 몸을 비틀었다. 순간 푸르스름한 연기가 루사니아를 뒤덮었다.

잠시 후 연기가 사라진 곳에는 전혀 다른 사람이 서 있었다. 갈색 머리칼에 뿔테 안경을 쓴 날카로운 인상의 청년.

"넌 뭐야?"

로이스가 미간을 좁히며 묻자 청년은 히죽 웃었다.

"아시엘 님의 집에 온 것을 환영합니다, 로이스 님. 저는 집사 타르파라고 하지요."

"타르파?"

"예. 그게 제 이름입니다."

"그럼 루사니아는 어디 갔지?"

타르파가 어색하게 웃었다.

"저 그러니까…… 로이스 님을 이곳에 모시기 위해 어쩔 수 없이 속였던 점은 정말 죄송하게 생각합니다."

"나를 속였다고?"

"예. 하하, 사실 루사니아는 제가 여자로 변신했을 때의 모습이거든요. 일부러 속이려는 게 아니라 사정이 급박…… 커억!"

타르파가 돌연 복부를 움켜쥐며 허리를 구부렸다. 로이스의 왼 주먹이 타르파의 복부를 후려갈긴 것이다.

"감히 나를 속였단 말이야?"

눈을 부라리며 사납게 노려보는 로이스를 향해 타르파는

급히 외쳤다.

"자, 잠깐 말로……."

퍽! 퍼억!

거침없이 내지른 로이스의 양 주먹이 타르파의 왼쪽 옆 구리와 오른쪽 턱에 거의 동시에 작렬했다.

털썩!

타르파는 의식을 잃고 축 늘어졌다. 씩씩거리는 로이스의 귀에 아시엘의 음성이 들려왔다.

"정말 죄송하게 되었어요, 로이스 님."

그녀는 방에서 걸어 나와 마당으로 내려섰다. 비틀거리며 걸어오는 그녀의 몸은 예전에 보았을 때에 비해 무척 초췌해져 있었다.

그러나 그녀가 살짝 고개를 숙이며 미소 짓는 순간 로이스는 눈앞이 환해지는 느낌을 받았다.

"이곳에서 이렇게 다시 뵙게 되어 기쁘군요. 그때는 정말 고마웠어요."

왠지 마음을 편하게 해 주는 미소였지만 로이스는 여전히 화가 풀리지 않았다.

"날 속인 이유가 뭐야?"

"타르파 집사가 오보츠 숲에 유능한 기사가 될 사람이 있다며 데려오겠다고 했어요. 하지만 설마 그런 방법을 쓸

줄은 정말 몰랐군요. 또한 그 사람이 로이스 님인 줄도 전혀 몰랐고요."

"유능한 기사라고?"

"네. 지금 제게는 기사가 무척 필요하거든요."

아시엘의 표정에는 무언의 기대가 어려 있었다. 로이스는 시큰둥한 눈빛으로 말했다.

"그건 나와 상관없는 일이야."

퉁명스러운 대구에도 아시엘은 그리 당황하지 않았다. 당연히 그런 반응이 나올 줄 알았다는 듯 오히려 빙긋 미소를 지었다.

"타르파 집사의 일은 제가 진심으로 사과드릴게요. 그만 화를 푸세요."

"그건 너와는 상관없어. 저 녀석과 나와의 일이니까."

로이스는 문 옆에 뻗어 누워 있는 타르파를 힐끔 노려보며 말했다. 아시엘과 대화를 나누는 사이 스위니가 타르파를 옮겨 놓은 것이다.

"아니에요. 집사가 저지른 일이니 마땅히 가주인 제가 책임을 져야 해요. 저의 사과를 받아 주세요."

아시엘이 다시 간청하자 로이스는 못이긴 척 고개를 끄덕였다.

"좋아."

"정말인가요?"

그러자 로이스가 못마땅한 듯 아시엘을 노려봤다.

"내 말을 못 믿는 거야?"

"아니오, 믿어요."

아시엘은 어색하게 웃었다. 사과를 하긴 했지만 설마 이
토록 쉽게 받아 줄 줄이야.

"그럼 이제 나는 갈 테니까 나를 원래 있던 곳으로 보내
줘."

"그건……."

아시엘의 표정에 서운함이 스쳤다. 로이스가 선뜻 사과
를 받아 주는 것을 보고는 혹시 기사가 되어 주지 않을까
잠깐 기대했던 것이다.

그러나 로이스는 전혀 관심이 없는 듯했다. 아시엘은 시
무룩한 표정으로 고개를 끄덕였다.

"그럼 보내 드릴게요. 하지만 그건 타르파 집사가 깨어
나야 가능하니까 조금 기다려 주세요."

그러나 타르파는 쉽게 깨어나지 않았다. 기다리다 지친
로이스는 배낭 속에서 거더드 회복수 3병을 꺼내 타르파의
상처 부위에 들이 부었다.

콸콸콸!

따가운 거더드 회복수가 상처에 마구 쏟아지자 타르파의

몸이 움찔 흔들렸다.

"뭐 하시는 거죠?"

"거더드 회복수야. 이걸 부으면 상처가 치료되니까 좀 빨리 깨어나겠지."

"포션과 같은 것이군요."

배낭 속에 가득 들어 있는 거더드 회복수를 본 아시엘이 부러운 표정을 지었다. 그러자 왼팔에 상처를 입어 찡그리고 있던 스위니가 조심스레 다가와 말했다.

"저기, 죄송하지만 그거 하나만 주시면 안 될까요?"

로이스는 기꺼이 하나를 내주며 말했다.

"그냥 하나 달라고 하면 되지 죄송하다고 할 필요까진 없잖아."

"아! 고마워요, 로이스 님."

거더드 회복수를 받아 든 스위니는 즉시 그것을 상처 부위에 부었다. 포션에 비해 성능이 떨어지긴 했지만 가벼운 상처였기에 금세 말끔히 치료되었다.

'하나 더 달라고 해 볼까?'

스위니는 은근히 욕심이 생겼다.

'맞아. 하나가 아니라 몇 병 달라고 해도 줄지 몰라.'

솔직히 또 달라는 건 염치없는 일이긴 했다. 하지만 지금은 그런 걸 따질 만큼 여유로운 사정이 아니었다.

'몬스터들과 싸울 때 거더드 회복수가 몇 병 있으면 큰 힘이 될 거야. 나중에 갚아 주면 되잖아.'

그런데 사실 그녀가 이런 생각을 하는 이유는 로이스의 성격이 외모와는 달리 무척 괴팍한 것을 알고 있지만 의외로 순진한 구석이 있음을 알기 때문이었다.

지난번에 식량을 내줄 때도 그랬고 지금처럼 귀한 치료약을 내줄 때도 그렇다.

달라면 다 줄지도 모른다는 기대감!

그래서 스위니는 잠시 망설이다 로이스에게 다가가 손을 내밀었다.

"저기, 그 치료약 다섯 병만 주실래요?"

순간 로이스의 두 눈에서 퍼런빛이 번뜩였다.

"지금 뭐라고 했지?"

"……아, 아니에요."

기겁한 스위니는 급히 손을 흔들며 본래 자리로 돌아왔다.

사실 그녀는 뭔가 착각한 것이었다. 로이스는 생각처럼 그리 단순하지 않다. 그는 호의로 준 것이지 호구여서 준 것이 아니었다.

로이스는 힐끗 스위니를 다시 한 번 사납게 노려봤다가 시선을 돌렸다. 여전히 타르파는 깨어나지 않았다. 멍하니 기다리려니 심심했다.

"궁금한 게 있어."

"말씀해 보세요."

"넌 대체 뭐지? 왜 샤론 대륙에 집이 있는 거야?"

그러자 아시엘이 빙긋 웃었다.

"로이스 님이니까 말씀드릴게요. 저는 사실 용자랍니다."

"그랬군."

로이스는 고개를 끄덕였다. 그러다 돌연 고개를 벌떡 들고 아시엘을 쳐다봤다.

"지금 뭐라고 그랬지? 네가 용자라고? 설마 샤론 대륙의 용자란 말이야?"

"네. 이곳 아시엘의 집의 가주이기도 하고요."

"하하하, 말도 안 돼! 너 따위가 용자라니!"

"로…… 로이스 님!"

"흥! 한 번만 더 헛소리를 하면 용서하지 않겠다."

코웃음 치며 아시엘을 노려보는 로이스의 눈에서 다시 시퍼런 빛이 번뜩였다.

"아……!"

순간 아시엘의 눈에 경악이 서렸지만 로이스의 시선을 피하지는 않았다.

놀랍게도 사나운 몬스터들의 기세를 단번에 꺾어 버리는 포식자의 위압 앞에서도 그녀는 움츠러들지 않았다. 두려

움에 잠겼던 눈이 금세 차분하게 변했고 맑은 호수처럼 반
짝였다.

"……."

더 이상 아무런 말이 없었지만 로이스는 아시엘의 맑은
눈빛에서 그녀가 거짓말을 하고 있지 않다는 것을 느꼈다.
그것이 로이스를 혼란케 했다.

소설책을 통해 접한 용자에 대한 전설.

용자는 방대한 무한의 세계를 개척하여 멋진 성을 건설
하고 수많은 기사들을 거느렸다. 강한 힘으로 마왕과 악한
몬스터들을 혼내 주기도 했고 미지의 세계로 모험을 떠나
기도 했다.

'흥! 사실일 리 없어. 저따위 소녀가 용자라니! 나라면
몰라도!'

용자는 로이스의 꿈이었고 목표였다. 그러나 로이스는
얼마 전 자신이 용자가 될 운명이 아니라는 말을 릴리아나
에게 듣고 무척 실망했던 것을 떠올렸다.

"물어볼 게 있어, 릴리아나."

"뭔데요, 로이스 님?"

"혹시 내가 샤론 대륙의 용자야? 요즘 들어 왠지
그런 느낌이 들거든."

"로이스 님은 샤론 대륙의 용자가 될 운명이 아니에요."

"뭐…… 뭐야? 그럴 리가 없어."

"하지만 로이스 님은 용자를 전혀 부러워할 필요 없어요. 용자가 부여하는 용자의 인이 없어도 강해질 수 있는 신비한 존재! 바로 미스토스의 계약자이니까요. 나중에 원하시면 위대한 미스토스의 군주가 되실 수도 있어요."

"그따위 건 필요 없어. 난 용자가 될 거야."

"용자가 되어 봤자 골치만 아프죠. 신경 써야 할 문제들이 너무 많거든요. 로이스 님은 강해지기만 하면 되니 얼마나 좋아요?"

"쳇! 난 용자가 더 좋아."

"흥! 몇 번을 말해요! 용자보다 로이스 님이 훨씬 더 낫다니까요."

릴리아나가 여러 번 설명했지만 로이스는 믿고 싶지 않았다. 그러나 용자가 아니라는 릴리아나의 말을 결국 수긍하지 않을 수 없었다.

'하긴 용자라면 멋진 성이 있고 성을 관리하는 예쁜 총사가 있어야 하잖아. 나는 용자가 아닌 게 분명해.'

성과 총사가 없다는 것. 그것이 결정적인 단서였다. 있다면 그저 자그마한 꽃밭, 그리고 얄밉기 그지없는 꽃의 요정 릴리아나뿐인 것이다.

이런 와중에 아시엘이 감히 용자라 자칭하니 로이스가 기가 막히지 않을 수 있겠는가. 오크 하나도 감당 못 할 연약한 소녀 따위가 어찌 용자가 될 수 있느냔 말이다. 로이스는 아시엘을 차갑게 노려봤다.

"네가 용자라는 걸 난 절대 믿을 수 없어."

"믿지 않으셔도 상관없어요. 하지만 제가 용자인 것은 틀림없는 사실이에요."

대놓고 무시하는 로이스의 눈빛을 받자 아시엘은 울컥하더니 결국 눈물을 글썽였다. 애써 미소를 지으려 하고 있지만 표정에는 서글픈 기색이 역력히 드러났다. 그때 굵직한 음성이 들려왔다.

"더 이상 무례하게 굴지 마십시오. 아시엘 님은 용자가 맞습니다."

타르파가 깨어나 로이스를 노려보고 있었다. 조금 전 얻어맞아 시퍼렇게 부어오른 오른쪽 볼이 볼썽사나웠다. 그러나 섬기는 주군이 모욕을 받은 것에 분개했는지 뿔테 안경 속 두 눈이 이글이글 타올랐다. 그뿐이 아니었다.

"더 이상 공주님을 모욕하면 참지 않겠어. 이 불한당 자식!"

스위니가 양손 검을 겨누고 로이스를 노려봤다. 로이스
는 가소롭다는 듯 표정을 굳혔다.

"감히 내게 덤비겠단 거야?"

두 주먹을 불끈 쥐고 벌떡 일어난 로이스의 표정이 더욱
험상궂게 변했다. 그러자 아시엘이 재빨리 로이스를 가로
막았다.

"그만하세요, 로이스 님. 두 분도 물러나시고요."

부드러웠지만 알 수 없는 위엄이 서린 음성. 스위니와 타
르파는 즉시 아시엘의 말에 고개를 숙였다.

로이스 역시 한 발 물러났다. 마치 엄마 루비아나가 타이
르는 듯한 이상한 느낌. 별로 화가 나지 않았다. 그게 왠지
기분 나빴다.

'쳇! 그만 가야겠어.'

로이스는 돌아서서 배낭을 챙겨 들었다. 아시엘이 용자
이건 아니건 이제 관심 없었다.

'흥! 난 강해지기만 하면 돼. 용자 따위는 쥐도 안 한
다.'

로이스는 청년 타르파를 힐끗 노려봤다.

"나를 원래 있던 곳으로 보내 줘."

잠시나마 루사니아의 귀엽고 맑은 표정에 가슴이 두근거

렸던 로이스였다.

그런데 루사니아가 바로 저 녀석이었다니!

생각할수록 화가 났다. 오늘은 이대로 가지만 다음에 혹시 눈에 띄면 제대로 쓴맛을 보여 주리라.

움찔.

로이스의 차가운 시선을 받은 타르파가 몸을 떨었다. 그는 어색한 미소를 지으며 아시엘에게 다가갔다. 그러고는 로이스에게는 들리지 않도록 귓속말을 했다.

"죄송하지만 로이스 님을 보내려면 한동안 기다리셔야 할 것 같습니다."

"그게 무슨 말이죠?"

아시엘이 놀란 표정으로 물었다. 혹시라도 로이스가 들었을까 봐 힐끔 고개를 돌렸다. 다행히 로이스는 그 말을 못 들은 듯했다. 그 사이 스위니에게 다가가 으름장을 놓고 있었다.

"너 아까 나에게 욕했지?"

"호호…… 그, 그건 말이죠."

스위니가 홧김에 불한당 자식, 이라고 했던 말을 로이스는 분명히 기억했다.

솔직히 불한당이 무슨 뜻인지는 모르지만 뒤에 붙은 자식이라는 말과 더불어 당시 스위니의 표정을 종합해 보면 결코 좋은 말이 아니라는 것쯤은 알았다.

"처음이니까 한 번은 봐주겠어. 다음부터 조심해."

로이스가 주먹을 불끈 쥔 순간 여자 손처럼 부드러워보이던 하얀 주먹에 푸르른 오러가 어렸고 그것은 마치 강철과 같은 기운을 풍겼다.

'세상에! 저게 사람의 주먹일까?'

스위니는 식은땀을 흘렸다. 새삼 저 가공할 주먹에 세 대나 얻어맞은 집사 타르파가 불쌍하게 여겨졌다. 왜 오른쪽 볼이 벌에 수십 방은 쏘인 듯 퉁퉁 부었는지 이해가 갔다.

'한 대라도 맞으면 끝이야.'

한편 아시엘은 타르파의 설명을 들으며 걱정이 태산 같았다.

로이스를 원래 있던 곳으로 보내려면 적지 않은 미스토스가 필요한데 현재 아시엘의 집에는 최악의 상황에 대비해 집을 보호할 만큼의 필수 미스토스만 남아 있다는 것이었다.

미스토스는 집의 방어에 필수적인 힘.

지금껏 집이 초라한 외양이나마 버틸 수 있는 것도, 울타리가 무너지지 않고 몬스터를 막아 낼 수 있는 것도 모두 미스토스의 힘이었다. 그것이 부족하면 끝장이다.

"로이스 님을 데려오느라 여분의 미스토스를 거의 모두

소모했습니다. 그를 돌려보낼 만큼의 미스토스를 얻으려면 적어도 오크 백수십 마리는 죽여야 하는데 큰일입니다."

"그러게 왜 그런 짓을 하셨어요?"

샤론 대륙에 들어온 지 어느덧 반년이 넘었다. 알 수 없는 운명의 힘이 그녀를 샤론 대륙으로 불러들였고 전설로만 내려오던 용자의 길로 인도했다. 처음 그 사실을 알았을 때 얼마나 놀랐는지 모른다.

그 뒤로 용자가 되기 위해서 쉽지 않은 하나의 시험을 통과해야 했는데 그녀를 수행하는 스위니의 도움으로 천신만고 끝에 통과할 수 있었다.

그것이 대략 석 달 전. 그때는 정말 꿈만 같았고 세상 모든 것을 얻은 듯 기뻤다.

그러나 그 뒤로 펼쳐진 역경은 말로 형언할 수가 없었다. 기대했던 바와 달리 그녀에게 주어진 것은 너무 초라했던 것이다.

아시엘 역시 어려서 네롱의 〈용자전설〉이라는 소설책을 읽은 적이 있었다.

소설에서는 용자에게 큰 성이 주어지고 유능한 총사가 그 성을 관리해 주었다. 미스토스의 용병을 고용해 몬스터들을 방어하기도 했다.

성은 번창하고 용자는 멋진 카리스마를 가지며 샤론 대

륙과 같은 무한의 세계를 개척해 나갔다.

그러나 그것은 어디까지나 소설 속 허구일 뿐. 소녀 용자 아시엘에게 닥친 현실은 실로 가혹했다.

커다란 성 대신 자그마한 집 한 채. 그것도 금방 쓰러질 것 같이 위태해 보이는 초가 지붕집이었다.

대나무를 대충 잘라 박아 놓은 듯한 울타리, 텅 빈 마당 에는 우물 하나도 없었다. 좁은 공간을 가지고 다닥다닥 붙 어 있는 작은 방 세 칸. 아시엘은 한숨이 나왔다.

그렇다면 유능한 총사라도 있어야 했는데.

그때 때맞춰 아시엘의 앞에 나타난 이가 바로 집사 타르 파였다.

총사가 아닌 집사라니!

그것이 소녀 용자 아시엘에게 주어진 현실이었다.

그나마 집사라도 있다니 다행이었지만 문제는 상당히 어 설프다는 것. 몬스터를 보면 겁에 질려 떠니 집의 방어도 기사 스위니가 도맡아야 했다.

아시엘은 마법을 연구하고 있지만 아직 전투에 도움이 될 정도는 아니었다.

그러다 죽을 고생 끝에 스위니가 집 주위의 몬스터들을 해치우며 미스토스를 모았다. 그때부터 울타리에 미스토스 의 힘이 부여되었고 몬스터들이 울타리를 파괴하지 못하게 되었던 것이다.

그러고도 미스토스가 약간 남았다. 타르파는 그것으로 집에 필요한 시설을 하나 만들 수 있다 했다. 모두들 행복해하며 무엇을 건설할지 고민했다.

가장 시급한 것이 식수였다. 스위니가 몬스터와 싸우며 얻은 물건들을 간혹 한 번씩 집에 방문하는 주릅 상인들에게 팔아 빵과 야채를 샀지만 살림은 늘 빠듯했다.

식수마저 돈으로 살 수는 없어 집에서 한참 떨어진 우물에 가 물을 길어 와야 했다.

그것 또한 스위니의 몫. 우물까지 가려면 몬스터들과 격전을 치러야 했고 오는 도중 물통의 물이 쏟아지는 것도 다반사였다.

그래서 물이 귀했다. 물을 아껴 마셔야 했고 제대로 씻기도 쉽지 않았다. 아시엘이 결국 병이 난 것도 그것 때문이었다.

따라서 먼저 마당에 우물을 확보해야 했다. 그것이 가장 시급했지만 타르파가 돌연 눈을 초롱초롱 빛내며 한 가지 의견을 내놓았던 것이다.

유능한 기사의 등용이 바로 그것이었다.

현재 아시엘의 집에는 기사가 스위니 한 명뿐이니 유능한 기사를 한 명 확보하면 미스토스를 좀 더 빨리 쌓지 않겠냐는 의견이었다.

아시엘은 당연히 동의했다. 그렇게만 되면 식수가 부족한 것은 좀 더 참을 수 있었다.

사실 뭔가 불안하긴 했지만 모처럼 타르파가 최고의 기사를 데려오겠다며 장담을 했기에 한번 믿어 보기로 했던 것이다.

그러나 설마 여분의 미스토스를 다 써 버릴 줄은 몰랐고 괴팍하기 그지없는 로이스를 데려올 줄도 몰랐다.

이제 우물은 고사하고 로이스를 돌려보낼 미스토스를 쌓아야 하는 상황.

'큰일이야. 이걸 어쩌지. 뭐라고 말해야 화를 내지 않을까?'

설사 로이스를 설득해 기다리게 한다 해도 앞으로 지낼 일이 걱정이었다. 로이스를 돌려보낼 미스토스를 얻기 위해서는 스위니가 최소한 이십 일 정도는 고생을 해야 했다.

"저 아시엘 님?"

"네?"

아시엘의 고민이 깊어지는 듯하자 타르파가 즉시 의견을 내놓았다.

"방법은 하나뿐입니다."

"뭔데요?"

"로이스 님을 설득해 용병이나 기사로 남게 하는 거죠."

"무슨 수로요?"

"하하, 다시 한 번 제가 루사니아로 변장해 설득해 볼까 생각 중입니다."

"절대 안 돼요!"

아시엘은 펄쩍 뛰었다. 로이스가 아무리 단순하다 한들 그리 뻔히 보이는 수작에 말려들 리 있겠는가.

집사가 그따위 말도 안 되는 생각이나 하고 있으니 정말 속이 터졌다. 아시엘은 땅이 꺼져라 한숨을 내쉬었다.

'사실대로 말할 수밖에.'

어설프게 둘러대는 것보다 솔직하게 사정을 말하고 양해를 구하는 것이 나을 것이다. 로이스가 분명히 크게 화를 내겠지만 어쩔 수 없는 일.

"저, 로이스 님……."

"잠깐!"

로이스가 돌연 아시엘의 말을 가로막았다. 조금 전까지 시큰둥한 표정으로 서 있던 때와는 달리 바싹 긴장한 눈빛.

"무슨 일이죠?"

아시엘이 물었지만 로이스는 어느새 울타리 문 앞으로 이동해 있었다. 그러고 보니 무슨 소리가 들렸다. 소리는 점점 커졌다.

두두두두!

잠시 후 지축을 울리는 말발굽 소리와 함께 아시엘의 집을 향해 다가오는 일단의 무리가 보였다.

커다란 흑마 위에 올라탄 흑색 철갑의 무사들. 대략 오십 명 정도 되었는데 모두들 삼각 송곳 모양의 기다란 랜스를 들고 있었다.

"앗! 또 저놈들이 왔어요."

"아아, 또 저들이……!"

스위니와 아시엘의 안색이 어둡게 변했다. 사르곤 제국의 중장기병, 그중에서도 잔혹하기로 소문난 흑기병 부대.

'또 나를 모욕하러 왔어.'

이들이 나타난 것은 처음이 아니었다.

대략 석 달 전 아시엘이 용자가 된 이후부터 며칠에 한 번씩 나타나 아시엘의 자존심을 뭉그러뜨리고 돌아갔다. 한동안 조용하다 했더니 또다시 나타난 것이다.

차악!

흑기병 오십이 횡렬로 늘어서며 랜스를 정면으로 겨눴다. 그러고는 이전보다 더욱 빠른 속도로 달려왔다. 로이스의 눈이 반짝였다.

'소설책에 나왔던 기병들인가?'

시커먼 말과 갑주. 번쩍이는 은빛 랜스. 질서 정연하게 달려오는 흑기병들의 모습은 정말 멋져 보였다. 로이스는 흥미로운 표정으로 그것을 지켜봤지만 아시엘의 안색은 어둡기만 했다.

히히히힝!

단숨에 집을 짓밟을 듯한 기세로 달려오던 흑기병들이 대략 50로빗 정도의 거리를 두고는 일제히 멈춰 섰다.

"아시엘 공주, 잘 생각해 보셨소?"

커다란 음성은 횡렬로 늘어선 흑기병들의 중앙에서 들려왔다.

모두들 철갑 투구를 눌러쓰고 있었지만 유일하게 투구를 쓰지 않은 삼십대 후반의 사내.

그는 사르곤 제국의 기사이며 흑기병 오십을 이끌고 있는 야이젠 남작이었다.

"크훗! 우리에게 협조하시오. 그러면 지원을 아끼지 않겠소."

"……."

아시엘은 속으로 치를 떨었다. 협조란 다름 아닌 사르곤 제국의 황제에게 충성을 맹세하는 것. 루파인 왕국을 멸망시킨 사르곤 제국의 황제에게 어찌 무릎을 꿇을 수 있겠는가.

그러나 그것보다 더욱 중요한 문제가 있었다. 그녀의 조국 루파인 왕국은 사실 변방의 작은 소국에 불과했다.

그것도 이제는 정복당해 사라져 버린 나라. 그 망국의 공주인 아시엘에게 황제가 집착하는 진정한 이유는 따로 있었던 것이다.

대략 일 년 전 소설 〈용자전설〉을 쓴 작가이자 예언가인 네롱이 조만간 변방 소국 루파인 왕국의 왕가에서 용자가 나올 것이라는 불길한 예언을 한 것이 발단이었다.

황제는 즉시 군대를 보내 루파인 왕국을 멸망시켜 버렸고 왕가의 식솔들을 모조리 잡아 죽였다.

예언가 네롱도 붙잡아 참수했다. 그렇게 함으로써 용자의 싹이 사라진 줄 알았는데 설마 유일하게 행적을 놓친 삼공주 아시엘이 용자가 될 줄이야.

전설 속 용자의 출현!

제국의 대마법사 나칸은 아시엘이 용자가 된 즉시 그것을 알아채고 황제에게 보고했다.

황제에게는 당연히 달갑지 않은 소식이었다. 전설이 사실이라면 용자는 분명 사르곤 제국을 위협할 세력으로 성장할 것이 분명한 것이다.

그 사이 놀랍게도 벌써 라키아 대륙에는 용자가 출현했다는 소문이 돌았다. 그 짧은 시간에 사르곤 제국 전역은 물론 변방의 모든 나라들도 전설의 용자가 출현했다는 사실을 어렴풋이 전해 들었다.

참수당해 죽은 네롱의 한 맺힌 원혼이 대륙을 떠돌며 소문을 퍼뜨렸다 했지만 확인된 바는 없었다.

결국 황제는 계획을 변경했다.

용자를 제거하지 못한다면 그를 휘하에 두겠다는 것!

이 기회에 황제는 전설이 말하는 용자를 자신의 휘하에 두고 라키아 대륙만이 아닌 샤론 대륙까지 지배할 새로운 야심을 불태웠다.

다시 말해 황제가 아시엘에게 원하는 것은 용자로서의 복종이었다.

그는 이미 샤론 대륙에 군대를 보냈고 성곽까지 건축하고 있었다. 또한 아시엘이 복종하지 않을 때를 대비해 가짜 용자까지 만들어 두었다.

만일 아시엘이 끝까지 거부한다면 황제는 아시엘이 힘을 얻지 못하도록 방해함과 동시에 가짜 용자를 내세워 자신의 위상을 높이고 라키아 대륙과 샤론 대륙을 철저히 지배할 생각인 것이다.

물론 아시엘은 아직 그러한 상세한 내막을 알고 있지 못했다. 그저 왕국의 원수인 사르곤 제국의 황제가 그녀의 복종을 바라고 있다는 것에 분노하고 있을 뿐이었다.

"어찌하시겠소, 아시엘 공주! 폐하께서는 그대가 협조하면 용자로서의 성장도 도와주겠다 약조하셨소. 조금 있으면 완공될 용자의 성도 그대의 것이 될 것이오."

야이젠 남작이 짐짓 부드러운 목소리로 외쳤다. 아시엘은 결연한 어조로 대답했다.

"결코 내가 황제에게 복종하는 일은 없을 거예요. 이만 돌아가세요."

"어리석은! 그렇게 분수를 모르다니. 당신 따위가 진짜 용자가 될 거라 생각하시오?"

결국 야이젠 남작은 본색을 드러냈다. 아시엘은 짐작하고 있던 터라 말없이 그를 노려봤다.

"크흐흐흐! 뭐 아직까지 안 죽고 살아 있는 게 용하군. 그따위 초라한 집에서 말이야."

야이젠은 아시엘이 아무런 대꾸도 하지 않자 키득거리며 야유를 퍼부었다. 스위니가 발끈했다.

"꺼져! 이 나쁜 자식아!"

"큭! 말이 거칠군. 그런데 주군이 모욕을 당하는데 말로만 나불댈 텐가? 하긴 하찮은 소국의 기사 따위가 기사도가 뭔지 알 리 없겠지."

야이젠이 입가를 비틀며 조소하자 흑기병들이 쿡쿡거리며 웃었다. 스위니가 야이젠을 죽일 듯 노려봤다.

"다…… 닥쳐!"

"쯧, 답답하군. 기사는 검으로 말해야지. 그럴 자신이 없

으면 조용히 찌그러져 있는 게 현명한 거야. 안 그렇소, 아
시엘 공주?"

"이익! 가만두지 않겠어. 이 개자식!"

스위니가 결국 양손 검을 번쩍 쳐들고 나가려는 순간 아
시엘이 그녀를 가로막았다.

"참아요, 스위니 경. 저들의 도발에 넘어가선 안 돼요."

"공주님!"

씁쓸한 미소를 지으며 고개를 가로 젓는 아시엘의 눈에
는 눈물이 맺혀 있었다. 스위니의 눈가에도 눈물이 맺혔다.

'이렇게 모욕을 당할 바엔 차라리 나가서 죽고 싶어요,
공주님.'

스위니의 솔직한 심정이었다. 죽을 때 죽더라도 저 빌어
먹을 자식의 심장에 양손 검을 꽂아 넣고 싶었다. 그러나 그
렇게 되면 이 험난한 샤론 대륙에 아시엘 혼자 남게 된다.

이런 상황에 겁쟁이 집사 타르파는 거의 도움이 되지 못
했다.

아니 벌써 방 안에 들어가 방문 틈 사이로 밖을 내다보며
덜덜 떨고 있었다. 그나마 미스토스의 힘을 이용해 저들을
집안 가까이 오지 못하게 막고는 있지만 말이다.

'휴우.'

스위니는 한숨을 내쉬며 고개를 끄덕였다. 귀를 막고 조

금만 참으면 저들도 지쳐 물러난다. 화를 못 참고 뛰쳐 나가면 저들의 의도에 휘말리게 되는 것이다.

"흐음! 그대 휘하의 기사는 겁쟁이뿐이구려. 모욕을 당했으나 마땅히 그것을 풀어 줄 기사 하나도 없으니 얼마나 외롭소, 아시엘 공주?"

야이젠 남작이 아시엘을 향해 짐짓 위로하는 척 다시 야유를 퍼부었다. 아시엘의 마음은 참담하기 그지없었다.

힘없는 소국의 공주로 살면서도 이처럼 치욕적인 말을 들은 적은 별로 없었다. 전설로 내려오는 용자이면 뭘 하는가. 힘이 없는 용자는 제국의 하급 귀족이나 무사들에게도 조롱거리가 될 뿐인 것이다.

그래도 그동안 아시엘은 꿋꿋이 참고 버텨 왔다. 그런데 지금은 무척 울적했다.

특히 오늘따라 더욱 힘들었다. 외부인인 로이스가 보는 앞에서 집안의 치부를 모두 내보인 것 같아서인지, 여러 가지로 비참한 생각이 들지 않을 수 없었던 것이다.

"크흠! 그리고 보니 못 보던 자가 있군. 새로 들어온 기사인가?"

그때 야이젠 남작은 아시엘의 옆에 서 있는 로이스를 향해 시선을 돌렸다. 로브를 입고 할버드를 등에 멘 미소년이라. 어이가 없어 웃음이 나왔다.

Chapter 12

로이스, 실력을 보이다

'푸흡!'

눈이 환해질 만큼 뛰어난 외모를 가진 소년이었지만 도무지 어울리지 않는 조합의 장비를 갖추고 있었다.

소년이 마법사라면 지팡이를 들고 있어야 했다. 만일 할버드를 다룰 줄 아는 전사라면 플레이트 메일까지는 아니라도 최소한 체인 메일 정도는 착용하고 있어야 하는 것 아닌가.

'쯧, 뭐하자는 녀석인지 모르겠군.'

보아하니 외모만 번지르르한 녀석을 아시엘이 시종으로 데리고 있는 듯했다. 그런데 그 순간 소년의 눈빛이 퍼렇게 번뜩였다.

"왜 나를 보고 비웃는 거지?"

"⋯⋯!"

야이젠 남작은 갑자기 온몸에 엄습하는 싸늘한 한기에 깜짝 놀랐다. 그저 눈이 마주쳤을 뿐인데 전신에 긴장감이 엄습했다.

'뭔가, 저놈은?'

그로서는 감히 꿈도 꾸지 못하는 경지에 오른 제국의 소드 마스터들. 마치 그러한 절대 강자들에게서나 풍겨 오는 가공할 위압 비슷한 것이 소년에게 느껴지다니.

저렇게 어린 소년이 설마 그 정도의 강자란 말인가. 절대 그럴 리가 없었다.

가까스로 마음을 추스른 야이젠 남작은 기분이 상했다. 어찌 우스꽝스러운 장비를 갖춘 연약한 소년 따위에게 두려움을 느낀단 말인가.

"건방진 놈! 눈 아래로 깔지 못하겠느냐?"

야이젠 남작은 짐짓 눈을 사납게 번뜩이며 크게 호통쳤다.

휘하의 흑기병들은 물론 어지간한 실력의 무사들도 이 호통 한 번이면 움찔하며 겁을 먹는다. 따라서 하찮은 소년 따위는 그의 눈빛을 받아 내지 못하리라 확신했다.

쾅!

그 순간 로이스는 울타리 문을 벅차고 밖으로 나왔다.

처음 볼 때는 멋진 갑옷을 입고 있는 기사들인 줄 알았다. 그래서 잠시나마 호감을 가졌는데. 그러나 그 뒤의 오만한 행태는 실로 못마땅했다.

특히 소녀 아시엘이 모욕을 받자 이상하게 기분이 상했다. 그래도 로이스는 잠자코 있었다.

그때까지는 그들이 로이스에게 직접 시비를 건 것이 아니었고 한편으로는 아시엘이 용자라는 것에 여전히 샘이 났던 이유도 있었다.

'잘난 용자라면 알아서 해결하겠지.'

적어도 전설의 용자라면 그따위 모욕을 받고 가만있지는 않을 것이다. 멋진 실력으로 건방진 놈들을 굴복시키고 혼을 내 줘야 정상이 아니겠는가.

그러나 소녀 용자 아시엘은 그저 참고만 있었다. 유일한 기사인 스위니도 무력해 보였고, 집사 타르파란 녀석은 겁에 질려 방 안에 숨어 있었다.

따라서 로이스는 그동안 고이 가져왔던 용자에 대한 환상이 깨짐과 동시에 형언할 수 없는 분노가 몰려왔다.

그 분노는 힘이 없는 어설픈 소녀 용자 아시엘을 향한 것도 있지만, 감히 용자를 모독하고 있는 야이젠 남작에 대한 것이 더욱 강했다.

누가 건드리지 않아도 폭발하기 직전인 상태.

바로 그때 야이젠 남작이 적절히 도발을 걸어 온 것이다. 그것은 마치 울고 싶은 사람의 뺨을 때려 준 격이었다.

히히힝!

로이스가 나서자 군마들이 흠칫 몸을 떨었다. 한 걸음 내딛자 군마들이 기겁하며 뒷걸음질 쳤다.

분노한 로이스로부터 발산되는 포식자의 위압! 말들이 가장 먼저 반응을 한 것이다.

"뭣들 하느냐? 말들을 진정시켜라!"

야이젠 남작이 호통을 쳤다. 그러자 흑기병들은 즉시 요동하는 군마들을 달래 전열을 유지했다.

보통의 말들이었다면 꽁지가 빠져라 달아났을 것이다. 그러나 전장에서 단련된 군마들은 각각의 주인이 용기를 불어넣어 주자 두려움을 무릅쓰고 자리를 지켰다.

'만만히 볼 수 없는 놈이군.'

가볍게 보았던 소년으로부터 가공할 위압이 다시 느껴지자 야이젠 남작의 안색이 굳어졌다. 물론 소드 마스터는 아닐 것이다. 그래도 뭔가 찜찜했다.

'차지 공격으로 해치워야겠어.'

여러 전장을 누빈 야이젠 남작은 절대로 모험을 하지 않았다. 사실 오늘도 싸우러 온 것이 아니라 그저 협박을 하러 왔을 뿐이다. 쓸데없이 모험을 할 필요는 없다.

"제일 조! 건방진 녀석에게 쓴맛을 보여 줘라."

야이젠 남작의 명에 흑기병 일조 다섯 기가 랜스를 앞으로 겨눴다.

차악!

일사불란한 움직임. 로이스는 흠칫했다.

두두두두!

가장 좌측에 있는 흑기병 하나가 질풍처럼 달려왔다. 번쩍이는 은빛 랜스가 바람을 가르고 쇄도했다.

쒸이이익!

말과 혼연일체가 되어 가해 오는 흑기병의 랜스 차지 공격! 랜스로부터 바위라도 능히 박살 낼 만한 가공할 힘이 느껴졌다.

'정면으로 맞서서는 안 돼!'

원래는 놈이 다가오는 순간 할버드의 기본 기술인 울프 슬래시를 펼치려 했다. 그러나 로이스는 본능적으로 차지 공격의 무서운 위력을 간파했다.

랜스에 슬쩍 비껴 맞기만 해도 적지 않은 부상을 입을 것이다. 피하지 않고 맞서는 것은 흡사 쇄도하는 거대한 뱀의 아가리에 정면으로 몸을 들이대는 것이나 다름없었다.

체란산에서 무적의 상태에 있을 때도 로이스는 그런 어리석은 싸움을 하지 않았다.

따라서 일단은 피해야 한다. 그리고 반격을 가하면 된다. 그러나 반격 이전에 적의 공격 반경을 파악해 두지 않으면 역습을 당할 수도 있다.

파앗!

정면으로 짓쳐드는 랜스 공격을 재빨리 몸을 움직여 피했다. 그 순간 지축이 울리며 또 하나의 랜스가 날아들었다.

쒸이이익!

마치 로이스가 피할 것을 예상했다는 듯 로이스의 이동 반경을 고려해 그곳으로 또 다른 흑기병이 돌진해 왔다.

촤앗!

로이스는 깜짝 놀랐다. 설마 그처럼 민첩하고 정교한 연쇄 공격을 펼칠 줄은 몰랐던 것이다. 가슴을 꿰뚫듯 쇄도하는 랜스. 등을 활처럼 구부려 가까스로 피해 냈다.

쒸이이익!

몸을 추스르자마자 또다시 날아드는 랜스. 몸체를 휘돌려 피하는 순간 왼쪽 팔에 충격이 느껴졌다. 살짝 스쳤을 뿐인데 날카로운 칼에 베인 양 살이 베이고 피가 튀었다.

"크윽!"

그다음은 다시 왼쪽 옆구리. 오른쪽 허벅지. 시큰한 통증들이 느껴졌지만 모두 중상은 아니었다. 움직임에 불편함이 없을 정도.

오십의 흑기병 중 불과 다섯 기 정도만이 움직이고 있을 뿐이었다. 그러나 로이스는 끊임없이 몰려드는 랜스를 피하느라 반격 한 번 하지 못했다.

'큭큭! 멋진 방법이야.'

상처는 점점 늘었지만 로이스는 오히려 싸움을 즐기고 있었다.

처음 왼팔에 입었던 상처가 가장 중했고 그다음부터는 그저 찰과상에 불과할 정도. 공격이 이어지는 와중에 로이스는 랜스가 어떤 식으로 움직이는지, 또한 그 공격 반경이 어느 정도인지 파악하려 애썼다.

((우와아! 로이스 님! 새로운 기술인 랜스 차지 회피 능력을 각성하셨어요. 이제부터 랜스 차지 공격을 가해 오는 창기병 부류의 적들과 싸우기 한결 수월해지실 거예요.))

지혜의 골드 귀고리의 음성이 들리는 순간 로이스는 흐릿한 미소를 지었다. 바로 이것을 기다렸다.

 ＊ 랜스 차지 회피 능력(1단계)
 ─창기병 종류의 적들에 대한 회피 능력 증가

쒸이이익!

뾰족한 송곳 같은 은빛의 창이 작살처럼 빠르게 날아들었다.

지겹도록 이어지는 랜스 차지 공격.

그러나 로이스는 군마들의 움직임과 군마 위의 기병, 그리고 랜스의 이동 궤적들이 낱낱이 보였다. 마치 조금 전에 비해 흑기병들의 움직임이 약간 느려진 것 같았다.

사실상 큰 차이는 없을 만큼의 미묘한 변화였지만 로이스는 눈 깜짝할 사이에 흑기병 다섯 기의 규칙적인 공격 흐름을 깨뜨려 버렸다.

랜스가 다가오기 전 훌쩍 허공으로 떠오른 로이스의 오른발이 흑기병의 투구를 가격했다.

쾅!

"쿠악!"

흑기병이 나가떨어졌다. 그러자 곧바로 다른 흑기병이 로이스를 향해 돌진해 왔다.

"이놈! 각오해라!"

로이스는 가슴으로 파고드는 랜스를 측면으로 휘돌아 피하며 주먹으로 말의 몸통을 후려쳤다. 차지 공격을 마치고 지나가는 군마를 뒤따르며 도약해 흑기병의 목을 비틀었다.

콰작! 와드득!

"크악!"

"으아악!"

흑기병 셋이 즉사하고 둘이 중상을 입고 몸부림쳤다.

이들이 먼저 목숨의 위협을 가했다. 사력을 다해 피하지 않았으면 되레 죽었을 터.

따라서 로이스는 그들에 대한 그 어떤 자비심도 없었다.

"우우······!"

로이스는 할버드를 사용하지도 않았다. 그저 육탄으로 흑기병 다섯 기를 해치운 것이다. 믿기지 않은 상황이 벌어지자 야이젠 남작이 안색을 딱딱하게 굳혔다.

'믿을 수 없군.'

다섯 기면 충분하다 생각했다. 하지만 상대를 너무 과소평가했던 것이다. 그로서는 솔직히 랜스 차지 공격을 가해오는 흑기병 다섯 기와 맨손으로 싸워 이길 자신은 없었다.

"전원 공격 준비!"

차악!

사십오 기의 흑기병들이 랜스를 겨누고 자리를 잡기 시작했다. 헬멧을 올리고 있던 야이젠 남작도 비릿한 미소를 짓더니 헬멧을 내려썼다.

스윽!

그 순간 로이스 역시 등 뒤의 후드를 올려 뒤집어썼다.

흑색의 헬멧을 내려쓴 야이젠 자작의 모습이 멋져 보였기에 본능적으로 한 행동이었다.

헬멧이 없으니 후드라도 뒤집어쓰겠다는 것뿐이었는데.

츠으으으—!

그로 인해 마법사 카센이 걸어 놓았던 데블 페이스의 마면(魔面)이 후드를 통해 또다시 펼쳐치고 말았다.

시커먼 음영 속에서 번뜩이는 두 줄기 섬광!

"허억!"

야이젠 남작은 깜짝 놀랐다.

'저, 저 모습은?'

그는 그제야 로이스가 입고 있는 검은 로브의 핏빛 박쥐 무늬가 무엇을 의미하는지 기억해 냈다.

'설마 카센 자작이란 말인가?'

흡혈 마법사 카센. 반년여 전 체란산에서 갑자기 사라졌다는 보고를 받은 후 더 이상 그를 보았다는 사람이 없었다.

설마 마법사 카센 자작이 아시엘 공주를 돕고 있단 말인가. 워낙 괴이한 마법을 펼치는 자이니 지금은 소년의 모습으로 변신해 있는 것이 분명했다.

'정말 카센 자작이라면 승산이 희박하다.'

카센은 소문으로 듣던 것보다 훨씬 강했다. 마법을 사용하지도 않고 육탄으로 흑기병 다섯을 해치운 것이다. 만일 그의 특기인 마법을 사용한다면 끔찍한 일이 벌어질 수도 있었다.

'철수한다.'

승산이 없는 싸움을 할 만큼 야이젠 남작은 어리석지 않았다.

"카센 자작! 당신이 어찌하여 저 애송이 용자를 돕는지 모르겠소."

로이스는 코웃음 쳤다. 상대방이 왜 카센 자작이라는 자를 들먹이는지 모르지만 그런 것은 상관없었다.

지금은 전투가 시작됐고 오직 상대를 패배시키는 것에만 관심이 있을 뿐이다. 로이스의 두 눈에서 섬뜩한 빛이 번쩍였다.

"어서 덤비기나 해."

순간 아이젠이 다시 움찔했다. 그는 가슴이 철렁 내려앉는 듯 놀라고 말았다.

"카센 자작! 나는 당신과 더 이상 싸울 생각이 없소. 그러나 당신이 제국에 반기를 든 것이 얼마나 어리석은 일인지 조만간 알게 될 것이오."

"그건 내가 할 소리군. 내게 덤비는 녀석들이야말로 모두 후회하게 될 거야."

제국이 어쩌고 하지만 그런 걸 두려워할 로이스가 아니었다. 제국이건 뭐건 자신에게 덤비면 모조리 쓸어버릴 테니까.

그때 아이젠이 말에서 내려 정중히 고개를 숙이며 외쳤다.

"오늘은 패배를 인정하겠소. 부디 제국군의 전사자를 수습할 수 있도록 양해를 부탁드리오, 카센 자작."

시체들을 들고 돌아가겠다는 뜻이다. 로이스는 고개를 끄덕여 주었다. 패배를 인정하고 돌아가겠다는 적까지 쓸어버릴 만큼 매정하지는 않았다.

로이스는 차갑게 웃었다.

"또다시 내 눈에 띄지 마라. 한 번은 살려 주지만 두 번은 없어."

"……!"

그러자 야이젠 남작은 다시 몸을 움찔했다. 그는 잽싸게 부하들과 함께 바닥에 쓰러져 있는 부상자들과 시체들을 모두 수습해 돌아갔다.

＊　　　＊　　　＊

"로이스 님!"

로이스는 그때 귓전으로 파고드는 낯익은 음성을 들었다. 돌아보니 아시엘의 집에서 그리 멀지 않은 곳 언덕 아래에 하얀 꽃이 나타나 방긋 웃고 있었다.

'릴리아나?'

어떻게 이곳을 알고 따라온 것일까? 평소에는 왠지 얄미웠던 릴리아나였지만 이 순간은 무척 반가웠다.

"로이스 님!"

이번에는 아시엘이었다. 단신으로 제국의 흑기병 무리를 쫓아 버리는 로이스의 가공할 무위에 놀란 것도 있지만 상처가 심한 듯 비틀거리며 내려가는 모습을 보고 더욱 놀란 것이다.

로이스는 힐끗 고개를 돌려 아시엘을 쳐다봤다. 걱정스레 자신을 쳐다보고 있는 그녀의 얼굴이 눈에 들어왔다.

"왜?"

아시엘은 순간 당황했다. 그냥 걱정이 되어 불렀을 뿐인데 막상 '왜?' 라고 되묻자 마땅히 할 말이 없었다. 특히나 후드 아래 섬뜩한 마면을 접하자 머리가 텅 빈 듯 아무런 말이 생각나지 않았다.

"쳇! 불렀으면 말을 해야지."

"도움 감사했어요."

"너를 도우려던 게 아니었어. 놈들이 내게 시비를 걸었으니 혼내 준 것뿐이야."

아시엘은 로이스의 퉁명스러운 대꾸에도 그다지 화가 나지 않았다. 그녀가 파악한 로이스의 성격상 그런 반응은 당연한 것이다. 빙긋 미소를 지으며 말했다.

"어쨌든요. 정말 멋졌거든요."

그러나 로이스는 말없이 쓱 하고 그녀를 한 번 노려보고
는 돌아서서 내려가 버렸다. 무척 기분 나쁘다는 듯 어깨까
지 들썩이더니 머리를 툭툭 치기도 했다.

'······?'

아시엘은 머쓱한 표정을 지었다. 멋지다는 말을 괜히 했
나 싶었다. 설마 그렇게 질색할 줄은 몰랐던 것이다.

'하하, 내가 멋졌다고?'

한편 후드 속 로이스의 안색은 환했다. 사람에게 멋지단
말을 들은 것은 처음이다. 기분이 좋아 어깨를 들썩이며 신
나게 내려왔다.

사실 고맙다는 말을 들을 때도 기분이 그리 나쁘지는 않
았다. 그래도 멋지다는 말이 로이스를 더욱 유쾌하게 했다.
아시엘이 용자인 것은 여전히 마음에 들지 않지만 말이다.

'혹시 이 모자 때문일까?'

아무래도 그런 것 같았다. 역시 사람은 모자를 써야 멋있
다는 소리를 듣는 것이다. 로이스는 오른손을 들어 후드에
묻은 먼지를 털어 냈다.

"어떻게 된 거죠, 로이스 님? 말없이 사라지셔서 놀랐다
고요."

하얀 꽃 앞에 이르자 꽃밭이 나타났다. 릴리아나가 상기된 표정으로 서 있었다.

"그게 루사니아란 귀여운 소녀…… 아니, 타르파란 못된 녀석 때문이야. 도와 달라고 해서 따라갔는데 설마 사기를 칠 줄은 몰랐거든."

로이스는 대충 상황을 설명하고는 나뭇잎 침대 위에 털썩 드러누웠다. 릴리아나는 고개를 끄덕이더니 로이스의 왼팔 상처를 어루만졌다.

"역시 그 허름한 집에 접근할 수 없던 이유가 바로 그것이었군요."

릴리아나의 손이 닿자 랜스에 맞아 갈라졌던 왼팔의 상처에 하얀색의 꽃잎들이 내려앉았다.

그 순간 쓰리고 아팠던 상처가 시원해졌다. 하얀 꽃잎들은 로이스의 전신을 누비며 크고 작은 상처들을 치료했다.

"용자와 인연을 맺는다면 로이스 님께 큰 유익이 있을 거예요."

"힘도 약한 어설픈 소녀가 용자라니 말도 안 돼."

로이스는 못마땅한 표정을 지었다.

"어설프기보다는 아직 제대로 된 힘을 얻지 못했기 때문이겠죠. 그녀는 머지않아 샤론 대륙을 지배하게 될 거예요."

"용자를 부하로 삼는 건 어떨까? 그렇다면 도와줄 용의는 있어."

로이스가 돌연 눈을 반짝이며 말했다. 릴리아나는 어이없어하는 표정을 지었다.

"용자는 부하로 삼을 수 없어요."

"그럼 설마 나보고 그따위 용자의 부하가 되라는 건 아니겠지?"

"천만에요. 로이스 님은 그 누구의 밑으로도 들어가면 안 돼요. 설사 용자라 해도 말이에요."

"당연하지. 난 누구의 부하도 되지 않아."

"그녀를 돕고 싶지 않나요?"

"전혀."

그러나 로이스는 시무룩한 표정을 지었다. 참으로 어설프기 그지없는 소녀 용자. 모욕을 당하는 데도 묵묵히 참고만 있다니. 그 생각을 하자 또다시 속에서 울화가 끓어올랐다.

"그녀를 돕고 싶은 거군요."

"아니라니까!"

"용자의 부하가 되지 않고도 도울 수 있는 방법이 있는데 관심이 없다면 말고요."

그러자 로이스의 눈이 다시 반짝였다.

"그게 뭔데?"

사실 뭔가 돕고 싶긴 했다. 그러나 용자를 부하로 만들

수도 없고, 그렇다고 용자의 부하가 될 수도 없으니 도울 방법이 없다 생각했던 것이다.

로이스가 관심을 보이자 릴리아나는 그럴 줄 알았다는 듯 피식 웃었다.

"잠시 용자의 용병이 되어 주는 거죠."

"용병이라고?"

"로이스 님은 용자를 위해 싸워 주고 용자로부터 미스토스를 대가로 받는 식이에요."

"그런 방법도 있었군."

"용자를 돕게 되면 로이스 님의 미스토스는 보다 빨리 증가할 거예요. 물론 용자로부터 보수로 받는 미스토스와는 전혀 별개로 말이죠."

"그러니까 용자를 도우면 나의 레벨이 좀 더 빨리 올라간다는 뜻이야?"

"물론이죠. 게다가 재미있는 일들도 많을 거예요. 친구들도 생길 수 있고요."

"하지만 용병이라니, 내가 왠지 용자의 부하가 되는 것 같은 기분이야."

"용병은 잠시 대가를 받고 도와주는 것일 뿐 부하는 아니에요. 수틀리면 언제고 관둘 수 있어요."

"그럼 가서 용병이 된다고 말할까?"

"그쪽에서 한 세 번쯤 간절히 부탁하면 못 이기는 척 승낙하세요. 그래야 미스토스 보수를 더 많이 받을 수 있거든요."

"후후, 좋아. 그게 좋겠어."

릴리아나는 역시 머리가 좋은 듯했다. 로이스는 비로소 푹 잠을 잘 수 있었다.

＊　　　＊　　　＊

"그럼 다녀오겠어요, 공주님."

"부디 조심하세요, 스위니 경."

커다란 물통을 들고 씩씩하게 울타리 문을 나서는 스위니를 아시엘이 걱정스러운 표정으로 마중했다.

식수가 거의 떨어졌으니 가서 물을 길어 와야 한다.

왕복 반나절이 걸리는 거리였지만 중간에 몬스터들이 나타나면 귀환 시간이 더 길어지기도 했다. 싸움이 격렬해지면 물통의 물이 쏟아져 허탕을 치는 경우도 있었다.

그런 고생스러운 곳에 스위니를 혼자 보내는 아시엘의 마음은 무거웠다. 함께 나가 돕고 싶지만 그녀가 있으면 오히려 방해만 될 뿐이니 그저 무사히 돌아오기만 바랄 뿐.

'스위니 경, 조금만 더 고생하세요. 조금 있으면 저도 도울 수 있을 거예요.'

어려서 마법을 배우긴 했지만 그녀에게는 이상한 저주가 있었다.

마나가 일정 이상 쌓이면 흩어져 버리는 저주.

그러나 용자가 된 이후에는 그러한 저주가 사라졌다. 이대로라면 조만간 마법을 제대로 펼칠 수 있게 될 것 같았다.

'기다려! 언젠가 반드시 당신의 그 교만을 꺾어 줄 테야.'

아시엘은 이를 악물었다. 루파인 왕국을 멸망시킨 것도 모자라 용자가 된 아시엘을 끝없이 억누르고 모욕을 주는 사르곤 제국의 황제인 이비아스 대제.

하지만 대체 언제 그와 싸워도 지지 않을 만큼 강력한 세력을 갖출 수 있을지.

생각할수록 그저 암담했다.

황제의 휘하에는 마도사급 마법사들이 수두룩하고 검사들의 꿈이라 불리는 소드 마스터들도 상당수 존재한다.

마도사급 마법사들은 얼마 전 보았던 흡혈 마법사 카센 자작보다 훨씬 윗줄에 있는 괴물들.

이제 막 마법을 시작한 그녀로서는 그저 요원하기만 했다. 아무리 미스토스의 은총이 함께한다 해도 수십 년은 걸릴 것이다.

기사 스위니 역시 마찬가지다. 그녀 역시 몬스터들과 싸우며 조금씩 강해지고는 있지만 과연 소드 마스터 정도의 검사가 될 수 있을지는 의문이었다.

그리고 설사 그게 가능하다 해도 고작 마도사 하나와 소드 마스터 하나로 황제와 어찌 싸울 수 있을지. 황제 밑에는 그런 괴물 같은 자들이 수두룩하게 많은데 말이다.

하지만 그건 나중 일.

당장은 이 허름한 집에서 살아갈 일을 걱정해야 했다.

일단 물이 떨어질 걱정이라도 하지 않도록 우물이라도 하나 생긴다면 얼마나 좋을까?

싸악! 싸아악!

그때 집사 타르파가 빗자루를 들고 마당을 쓸기 시작했다.

낙엽도 없는 텅 빈 마당을 하루에 수차례씩 쓸어 내는 것이 타르파의 소일거리 중 하나였다. 심심해 죽겠다는 표정으로 하품까지 하며 말이다. 아시엘이 쳐다보자 타르파는 히죽 웃었다.

'하아!'

아시엘은 나직이 한숨을 내쉬고는 방을 향해 걸었다. 타르파만 쳐다보면 속이 터져 죽을 지경이었다. 어제 쓸데없는 짓으로 미스토스를 낭비하지만 않았다면 마당에는 벌써 우물이 생겼을 것이다.

"오오, 손님이 오셨군요."

돌연 타르파가 울타리 문을 향해 급히 걸어가는 것이었

다. 무슨 일인가 싶어 고개를 돌려보니 후드를 눌러쓴 로이스가 문 앞에 서 있었다.

"하하. 어서 오십시오. 로이스 님."

타르파는 어색하게 웃으며 로이스를 맞이했다. 그러다 로이스가 힐끗 노려보자 움찔하며 뒤로 물러났다. 여전히 타르파에 대한 감정이 좋지 않은 로이스였다. 그것을 본 아시엘이 재빨리 나섰다.

"안녕하세요, 로이스 님?"

"응."

로이스는 해맑게 웃었다. 물론 후드의 데블 페이스에 가려져 로이스의 웃는 모습은 볼 수 없었다.

아시엘은 이제 어느 정도 데블 페이스에 적응되어 예전처럼 벌벌 떨며 뒤로 물러나지는 않았다. 물론 여전히 오금이 저릴 만큼 무섭긴 했다.

'역시 어제 일로 찾아온 게 분명해.'

그러고 보니 어제 미처 말을 하지 못했다. 당장은 원래 있던 곳으로 보내 줄 수 없으니 조금만 기다려 달라고 말이다. 늦었지만 이제라도 말을 해야 했다.

"저 죄송하지만 좀 더 기다려 주실 순 없나요? 사정이 있어 당장은 보내 드릴 수가 없거든요."

아시엘의 심장이 고동쳤다. 이제 분명 난리가 날 것이다.

'설마 나까지 때리진 않겠지?'

그럴 리는 없겠지만 혹시 모른다. 겁을 먹어서인지 데블 페이스 속 안광이 더욱 소름 끼치게 느껴졌다.

그때 로이스가 고개를 갸웃하며 물었다.

"어디를 말이야?"

"원래 계신 곳 말이에요."

"거긴 이제 안 가도 되는데?"

엄청 화를 내며 난폭하게 굴 것을 예상했던 아시엘은 안 가도 된다는 말을 듣자 멍해졌다.

"정말……."

"응?"

정말이냐고 물으려던 아시엘은 아차 싶었다. 그런 식으로 되묻는 것을 로이스가 무척 싫어하는 것을 알고 있기 때문이다. 아시엘은 어색하게 웃었다.

"……이었군요."

"물론이지."

로이스는 씩 웃었다. 그러고는 뭔가 기대감이 어린 눈빛으로(물론 아시엘은 그것을 볼 수 없지만) 아시엘을 쳐다봤다. 그러다 아시엘이 아무런 말을 하지 않자 불쑥 입을 열었다.

"그것보다 내게 또 할 말 없어?"

로이스를 원래 있던 곳으로 보내지 않아도 된다는 것에

내심 안도하고 있던 아시엘이었다.

'잘됐어. 이제 미스토스가 모이면 우물부터 마련하면 되겠구나.'

그렇게 속으로 좋아하고 있는데 돌연 로이스가 할 말 없냐고 묻자 당황했다.

"그, 글쎄요."

기사가 되지 않겠느냐는 말을 기대했던 로이스는 크게 실망했다.

'레벨이나 올리러 가야겠어.'

물론 저녁때쯤 다시 한 번 들를 생각이었다. 세 번을 물어봐야 하는데 아직 한 번도 묻지 않다니. 이러다 언제나 용자의 용병이 될 수 있을지.

"저기."

그때 아시엘이 조심스레 입을 열었다. 울타리 문 앞까지 걸어갔던 로이스는 불쑥 고개를 돌렸다.

"그러니까……."

아시엘은 과연 그 뒤의 말을 꺼내야 될까 무척 고민했다. 로이스가 아침부터 찾아온 의도. 원래 있던 곳으로 돌아가겠다는 것이 아니라면 대체 무엇 때문인지 궁금했다.

그러다 혹시 용병이 되고 싶어 찾아온 것은 아닐까 하는 생각이 들었던 것이다. 아시엘은 용기를 내어 입을 열었다.

"혹시 용병이 되어 주지 않겠어요, 로이스 님?"

"싫어."

로이스는 속으로 회심의 미소를 지었지만 기다렸다는 듯 대답했다. 아시엘은 상심한 표정으로 고개를 끄덕였다.

'치이! 역시 그러면 그렇지.'

쓸데없는 기대를 한 것 같아 마음이 쓸쓸했다. 아무리 그렇다고 묻자마자 대뜸 거절이라니. 왠지 서러워 울컥 눈물이 나오려 했다. 그때 로이스는 멀뚱히 그녀를 쳐다보며 서 있었다.

'멍청이. 한 번밖에 안 물어보냐?'

잠시 기다리던 로이스는 뒤돌아 울타리 문을 나섰다. 어쨌건 한 번 물어봤으니 이제 두 번만 더 물어보면 된다. 그 생각을 하자 왠지 기분이 흐뭇해졌다.

＊　　　＊　　　＊

로이스는 아시엘의 집을 나와 근처를 살폈다.

언덕 위의 허름한 집 주변은 온통 황무지.

근처에는 별로 볼 게 없었다. 간혹 서너 마리씩 무리를 지어 다니는 오크들과 마주쳤지만 로이스가 겁을 주자 모두 달아나 버렸다.

그렇게 황량한 언덕 십여 개를 넘어가자 멀리 숲이 우거진 곳을 발견했다.

숲은 그 끝을 모를 만큼 멀리 펼쳐져 있었다. 언뜻 보기만 해도 오보츠 숲보다 수십 배는 되어 보였다.

'섣불리 움직이기보다 일단 이 숲에 어떤 놈들이 있는지부터 파악해야겠어.'

이런 큰 숲이라면 제법 강한 녀석들이 살고 있을 것이다.

울창한 밀림과 음침한 늪지대를 터전으로 군집 생활을 하고 있는 오크나 리자드맨 같은 몬스터들이 있을 것이고, 그것들 위에 군림하는 오우거나 미노타우루스 같은 상위 포식자들도 충분히 있을 법했다.

물론 이제는 그런 대형 몬스터들이 나타나도 어렵지 않게 이길 자신이 있었다.

'본격적으로 할버드 전술을 올려 볼까?'

로이스는 할버드를 풀어 양손으로 움켜잡았다.

오랫동안 등에 메고만 다녔던 어둠의 미늘창!

지난 이백여 일 동안 맨손 격투만 수련하다 보니 할버드의 숙련도는 거의 오르지 않았다.

[로이스의 할버드 관련 기술]

* 할버드 전술 4단계
* 울프 슬래시 2단계

[로이스의 현재 장비]

* 어둠의 미늘창(희귀)

—주름이 제작한 특수 합금 무기

—보통의 할버드에 비해 창대와 도끼날이 김. 단단한 강도와 파괴력의 희귀 장비.

* 카센의 로브(영웅)

—각종 속성 마법에 대한 마법 저항력.

—4서클 위력의 마법까지 방어 가능.

—장비 특수 기술로 후드에 '데블 페이스'가 깃들어 있음.

당분간은 번거롭고 귀찮더라도 오직 할버드만을 활용해 몬스터들을 해치울 생각이었다.

'좋아. 이제 시작이다.'

스윽!

숲의 초입에는 별다른 녀석들이 보이지 않았다. 늑대나

멧돼지 같은 몬스터들은 로이스를 보자마자 멀리서부터 달아나 버렸다.

로이스는 즉시 뒤쫓아 할버드를 휘둘렀다. 간혹 마주치는 리자드맨들, 그리고 위협해도 달아나지 않는 오크들도 로이스의 할버드 아래 모조리 희생되었다.

((축하드려요. 로이스 님의 할버드 전술이 5단계로 상승했어요.))

귀고리가 하는 말을 들으며 로이스는 뿌듯한 미소를 지었다.

'역시 반나절 동안 할버드를 휘두른 보람이 있구나.'

덕분에 그만큼 전투력이 강해졌다.

'뭘 좀 먹을까?'

아침 일찍 나와 어느덧 해가 중턱. 슬슬 배가 고팠다.

배낭 속에는 릴리아나가 싸 준 도시락이 있었다. 푹신한 잔디 위에서 도시락을 꺼내 먹는 것이야말로 로이스의 낙 중 하나였다.

치즈 맛 비스킷 3개, 삶은 감자 2개, 버터 바른 큼직한 빵 덩어리 하나.

그리고 릴리아나의 시종인 땅의 정령이 키운 여러 가지

채소와 과일들을 시큼한 꽃잎 소스로 버무려 놓은 야채샐러드.

새벽의 신선한 이슬을 가득 채워 놓은 물통도 있었다. 물론 고기는 없었다.

'후후, 뭐부터 먹지? 비스킷을 먼저 먹고 그다음에 빵, 감자와 야채는 맨 나중에 먹는 게 좋겠어.'

사실 이런 고민을 할 때가 가장 행복했다.

릴리아나는 야채부터 먼저 먹으라며 잔소리를 하지만 로이스는 좋아하는 비스킷부터 먹었다.

곧바로 막 비스킷을 하나 집어 입에 넣으려는 순간.

"이얏! 꺼져! 이 나쁜 놈들아!"

멀지 않은 곳에서 거친 욕과 병기 부딪치는 소리가 들렸다. 그 음성의 주인이 누구인지 로이스는 알고 있었다. 못 들었다면 모를까 일단 들었으니 모른 척할 수 없었다.

'도시락은 조금 있다 먹어야겠군.'

로이스는 도시락을 다시 보자기에 잘 싸서 배낭 속에 집어넣었다.

"칙! 치이이익!"

"꾸어억!"

소리는 점점 급박해졌다. 로이스가 훌쩍 뛰어 도착해 보니 커다란 거미 10여 마리가 스위니를 포위 공격하고 있었다.

물통을 내려놓고 양손 검을 휘두르며 거미들과 힘겹게 싸우는 스위니.

그녀는 지쳐 쓰러질 듯하면서도 매서운 반격을 가했다. 그녀의 검에서 한 번씩 연푸른빛이 번뜩일 때마다 거미들이 비명을 지르며 쓰러졌다.

'제법이군.'

힘이 강하지도 않으면서 거미들의 공격을 적절히 비껴내고 빈틈을 포착해 정확히 찌르는 솜씨가 상당히 노련해 보였다.

그러나 거미들은 추가로 몰려들었고 스위니는 점점 더 궁지에 몰려 갔다.

"후아앗!"

보다 못한 로이스는 크게 함성을 지르고 달려갔다. 그러자 몰려오던 거미들이 움찔하며 멈춰 섰다.

포식자의 위압!

그것이 거미들을 기겁하게 한 것이다.

그러나 거미들은 곧바로 달아나지 않고 뭔가 고민하는 기색이 역력했다. 분명 로이스로부터 풍기는 기세는 그것들을 두렵게 했지만,

(끄끅! 보…… 보통 놈이 아니군.)

(끄끄끅! 튀는 게 좋겠습니다, 분대장님!)

(끅! 그래 봤자 놈은 혼자다.)

(끄끅! 그, 그러다 모두 잡아먹힐 수도 있습니다, 분대장님!)

(……끅! 그렇군! 튀는 게 좋겠어.)

로이스로부터 풍기는 위압은 최상위 포식자의 기세와 흡사했다. 적이 강한 것보다 잡아먹힐지도 모른다는 두려움이야말로 몬스터들에게는 가장 큰 공포였다.

사사사삭!

거미들이 달아나는 것은 순식간이었다. 한바탕 실컷 몸을 풀어 보리라 기대했던 로이스는 실망을 금치 못했다.

'쳇! 겁쟁이 놈들! 그리고 나는 너희같이 맛없어 보이는 놈들은 절대 먹지 않아.'

거미들이 하는 말을 모두 알아들은 로이스였다. 별미로도 먹고 싶지 않은 지저분한 곤충들. 예전에 호기심으로 한두 번 먹어 보긴 했지만 지금은 전혀 생각이 없었다.

"도와줘서 고마워요, 로이스 님."

한편 위기 상황에서 벗어난 스위니가 로이스를 향해 고개를 돌리며 말했다.

'어? 사라졌네.'

그런데 로이스는 어디로 갔는지 보이지 않았다. 눈 깜짝할 사이에 사라져 버린 것이다. 스위니는 긴장이 풀려 나뭇등걸에 기대앉았다.

'제길! 물통이 엎질러졌어.'

거미들과 싸우느라 물통의 물이 태반이나 쏟아졌다. 그나마 로이스가 와서 도와주지 않았다면 물통을 내버리고 도망가야 할 상황이었다.

스위니는 곧바로 다시 일어섰다. 이러다 또다시 몬스터들을 만나면 낭패인 것이다.

'반밖에 안 남았지만 이거라도 들고 가야 돼.'

그녀는 물통을 짊어지고 바쁘게 걸어갔다.

*   *   *

한편 로이스는 달아나는 거미들의 뒤를 은밀히 쫓았다. 커다란 덩치를 가진 거미들은 숲의 음침한 계곡과 늪지를 지나 거대한 동굴 속으로 들어갔다.

그곳이 바로 거미 몬스터들의 소굴.

로이스는 할버드를 움켜쥐고 따라 들어갔다. 어두컴컴한 동굴 안은 바닥뿐 아니라 벽과 천장 부분까지 거미들이 빽빽이 붙어 있었다. 언뜻 봐도 수천 마리는 되어 보였다.

(적이다!)

(침입이다!)

로이스가 들어가자 거미들이 깜짝 놀라 흩어졌다. 로이스의 몸에서 풍기는 포식자의 기세에 움찔해 감히 가까이 다가오지 못했다.

그러나 수적 우세는 두려움을 극복했다. 그중 제법 덩치가 있는 거미들을 중심으로 해서 거미들이 로이스의 주변을 둥그렇게 포위했다.

그리고 슬금슬금 로이스를 압박해 들어오기 시작했다. 로이스는 할버드를 거칠게 휘두르며 소리쳤다.

"죽기 싫으면 꺼져라!"

동시에 로이스의 눈에서 시퍼런 빛이 일어났다.

"끅!"

"끄끅!"

접근하던 거미들이 움찔하며 다시 흩어졌다. 로이스는 마치 물살을 가르듯 거미들을 가로질렀다. 그리고 뒤쪽에 있는 커다란 거미를 노려봤다.

'저놈이 두목 거미군.'

이런 몬스터들은 거의 오크들에 맞먹을 정도로 강한 전투력을 발휘하지만 한 번 기세가 꺾이면 쉽게 굴복한다.

특히 두목을 꺾어 버리면 손쉽게 부리는 것도 가능했다. 로이스는 자이언트 거미들을 굴복시켜 이 숲에 어떤 몬스터들이 살고 있는지 알아낼 작정이었다.

곧바로 로이스의 몸이 바람처럼 앞으로 달려 나갔다.

몇몇 덩치가 큰 거미들이 앞을 가로막았지만 로이스가 휘두른 할버드에 곤죽이 되어 날아가 버렸다.

로이스는 거미들의 몸체를 평지처럼 딛고 걸으며 순식간에 두목 거미가 있는 곳 앞에 도달했다.

움찔.

보통의 자이언트 거미보다 열 배는 큰 거대한 거미 라크아쓰! 그것은 오랫동안 이곳에서 대왕 노릇을 해 온 숲의 터줏대감이었다.

검처럼 날카로운 두 개의 앞발로 오우거나 미노타우루스도 가볍게 찢어발기는 괴력을 지녔다. 그러나 이미 로이스가 나타난 순간 전의를 상실한 상태였다.

"끼이이이익!"

라크아쓰가 짐짓 큰 입을 벌려 위협을 가해 보았지만 로이스는 꿈쩍도 하지 않았다.

오히려 로이스는 당황한 라크아쓰의 몸체 위로 훌쩍 올라가 할버드의 밑동을 힘차게 내리찍었다.

콰직!

"끄아아아악!"

터진 껍질에서 잿빛의 진액이 흘러나왔다. 라크아쓰는 고통에 몸부림쳤다.

더 이상의 저항은 죽음뿐. 로이스가 무슨 수를 써도 이길 수 없는 최상위 포식자라는 것을 깨달은 것이다.

"사…… 살려 주십시오!"

결국 라크아쓰는 다리를 구부리며 굴복의 자세를 취했다. 이미 다른 자이언트 거미들은 태반이 동굴 바깥으로 달아났고 남아 있는 놈들도 입구 근처에서 눈치만 보고 있었다.

로이스는 싸늘한 표정으로 라크아쓰의 몸체를 한 대 더 후려쳤다.

"끄아아악!"

라크아쓰는 몸부림치다 주저앉았다. 다리를 완전히 구부려 몸체의 아랫부분이 땅바닥에 닿은 것이다.

"제, 제발 살려 주십시오!"

로이스는 그제야 고개를 끄덕였다.

⟨다음 권에 계속⟩